FY HEN LY

Rhiannon Davies Jones

Cyfrol y Fedal Ryddiaith
Eisteddfod Genedlaethol Caerdydd, 1960

Argraffiad cyntaf—Gorffennaf 1961
Argraffiad newydd—Mawrth 1996

ISBN 1 85902 316 9

Dymuna'r cyhoeddwyr gydnabod cymorth adrannau Cyngor Llyfrau Cymru.

Argraffwyd gan Wasg Gomer, Llandysul, Dyfed

I gofio
CLWYD
a wnaeth hyn o waith yn bosibl
ac am i John Hughes awgrymu i
Ann Thomas arfaethu sgwennu dyddlyfr

Cymeriadau dychmygol yw Beth Hall, Catrin, Wil Llidiart Deryn, Bodo a Jennett Morgan.

Rhagair i'r
Argraffiad Cyntaf

Cafodd fy nghyd-feirniaid a minnau fwynhad mawr o ddarllen gwaith 'Silin', sef Miss Rhiannon Davies Jones, yng nghystadleuaeth y Fedal Ryddiaith yn Eisteddfod Caerdydd, 1960, ac yr oeddem yn gwbl unfryd yn dyfarnu'r wobr iddi. Fe'm bodlonwyd i'n fwy byth wrth ddarllen y gwaith wedyn ar gyfer ei gyhoeddi, mewn ffurf ddiwygiedig.

Ysgrifennwyd llawer o bryd i'w gilydd ar Ann Griffiths a'i hemynau a'i 'hanes', ond dyma'r tro cyntaf, hyd y gwn i, i neb geisio cyfleu digwyddiadau a phrofiadau blynyddoedd ffrwythlon ei bywyd byr yng nghwmpas nofel fer. Doeth oedd dewis y dull hunangofiannol yn rhith dyddiadur i draethu'r stori, a chael cyfle felly i roi sylw dyladwy i fywyd-pob-dydd a bywyd mewnol y ferch gyffredin, ac anghyffredin, Ann Thomas.

Fe lwyddodd Miss Rhiannon Davies Jones, gyda'r cywirdeb a'r treiddgarwch na ellid eu disgwyl, efallai, ond gan ferch, i ail-greu byd Ann Thomas (Griffiths) o'r defnyddiau sy'n hysbys ac yn gredadwy, ac o'i darfelydd artistig ei hun, gan ddynodi'n gynnil risiau pererindod ysbrydol yr emynyddes.

Mae'n hyfrydwch gennyf argymell y sawl a fo'n ymhyfrydu yn ymdrechion dynion i ymwybod â'r gwirionedd (pa un bynnag ai llenyddol neu hanesyddol neu grefyddol fo'i ddiddordeb) i ddarllen *Fy Hen Lyfr Cownt*.

Stephen J. Williams

Rhagymadrodd

Petai Ann Griffiths wedi cadw dyddiadur am yr wyth neu'r naw mlynedd olaf o'i hoes yn cofnodi'r profiadau ysbrydol rhyfeddol a ddaeth i'w rhan ar ôl ei thröedigaeth, byddai cyfrolau lu o feirniadaeth wedi'u hysgrifennu amdano erbyn hyn—a byddai neb yn synnu'n fwy na'r gwrthrych ei hunan. Feddyliodd hi erioed ei bod hi'n llenor; cafodd gyfle i ateb ei thad mewn englyn o ran hwyl ar aelwyd Dolwar Fach, a chlust fain Harri Parri, Graig y Gath, athro barddol y teulu, yn gwrando am bob gwall; a chanodd benillion o emynau wrth fynd o gwmpas ei gwaith ar y fferm, y llinellau a ddaeth iddi hi'n ddigymell o lawen wedi iddi droi at y Methodistiaid, y perlau amhrisiadwy a gofiodd Ruth y forwyn. Prin iddi hi, na Ruth, na'r pregethwyr a ddeuent yn eu tro ar ymweliad â'r fferm gan ddysgu ambell bennill a'i drosglwyddo i gynulleidfaoedd eraill, prin i'r un ohonynt ddychmygu ar y pryd y byddai'r rhain ymhen dwy ganrif yn dal ymhlith yr emynau gorau a gwerthfawrocaf a feddwn fel cenedl. A beth am ei llythyrau y cadwodd John Hughes, Pontrobert, gopïau o saith ohonynt, ac y ceir yr unig un arall i oroesi, yn llawysgrifen Ann ei hun mewn llawysgrif yn y Llyfrgell Genedlaethol? Llenyddiaeth breifat oeddynt i gychwyn: cyfle i'r Cristion ifanc fynegi'i gofidiau wrth ei thad-gyffeswr dwys ac i agor y Gair yn alegorïol ger ei fron. Bwriadwyd mohonynt erioed ar gyfer y diwinydd na'r beirniad llên proffesiynol, eithr deil myfyrwyr ac athrawon ddiwedd yr ugeinfed ganrif i bori ynddynt er mwyn ceisio dod i adnabod un o wyrthiau ein llenyddiaeth ac un o ffigurau crefyddol mwyaf enigmatig y Gorllewin.

Oni bai i John Hughes ysgrifennu cofiant byr i Ann Griffiths yn yr ail gyfrol o *Y Traethodydd* ym 1846 gan atodi i'w erthygl rai o'r llythyrau a anfonodd Ann ato, byddai'r dasg o'i dehongli'n llenyddol ac yn ddiwinyddol, neu'i phortreadu mewn llenyddiaeth greadigol, gymaint yn anos, os nad yn amhosib. Rhagor na deugain mlynedd ar ôl ei marw annhymig yn naw ar hugain oed ar Awst 12fed 1805 o'r darfodedigaeth, yn fuan wedi genedigaeth ei chyntaf-anedig, rhoes yr unig un i fod ar yr un donfedd ysbrydol â hi, ei atgofion ffaeledig ar bapur: disgrifiodd ei hymddangosiad a'i chymeriad; ei hoffter o ddawnsio yn ei hieuenctid a'i phyliau mawrdrwm o berlewyg ysbrydol wedi'i thröedigaeth; ei pherthynas nodedig ag ef ei hun a'r un a ddaeth yn wraig iddo ym 1805, sef Ruth Evans, morwyn Dolwar Fach a chyfeilles hoffus Ann. Rhyw saith tudalen yw'r cofiant, ac nid yw llawer ohono namyn awgrymiadau o gymaint rhagor y gellid fod wedi'i ddarlunio:

Yr oedd y fath amlygiadau o fawredd Duw yn tywynu i'w meddwl hyd onid oedd y geiriau yn pallu, a iaith yn methu gosod allan olygiadau ei meddwl.

(*Y Traethodydd*, II, 1846, t. 426)

Hawdd deall bellach y taerineb, yr angerdd a'r ymollwng a geir yn emynau Ann. Dyna'r unig gyfrwng oedd wrth law iddi geisio mynegi'r anhraethadwy. Yr emyn ysgrythurol, profiadol, gyda'i drosiadau mynych a'i bosibiliadau o gywasgu cyfanfyd o deimladau a dyheadau i'w gwmpawd cryno, oedd y ffurf lenyddol fwyaf addas iddi osod allan ei hunangofiant ysbrydol. Eithr cafwyd gan John Hughes un awgrym pryfoclyd y gallai cenhedlaeth ddiweddarach, ac awdur croendenau a dewr, ei droi'n ddarn o lenyddiaeth ddychmygol:

> Bwriadodd Ann unwaith ysgrifenu dydd-lyfr, i gadw coffadwriaeth o'r ymweliadau a'r profiadau a fyddai yn gael; ond yn lle cyflawni y bwriad hwnw, dechreuodd gyfansoddi pennillion a hymnau, a phryd bynag y byddai rhywbeth neillduol ar ei meddwl, deuai allan yn bennill o hymn. (ibid., loc. cit.)

Unwaith eto, pwysleisir mai'r emyn yw'r ffurf ar lenyddiaeth a orseddwyd gan Ann yn ei chalon, ond beth petai'r Ann ifanc, ddibriod, ddigrefydd deimladol, wedi cychwyn cadw dyddiadur, a glynu wrth yr arfer ar ôl ei thröedigaeth a'i hymuno gyda'r Methodistiaid yn seiat Pontrobert: oni fyddai'r gwaith hwnnw hefyd yn datgelu i ni gyflwr ei meddwl a'i chalon? Mae'n hysbys ddigon, ysywaeth, na chyflawnodd yr hyn a arfaethwyd ganddi, a hwyrach mai'r unig reswm am hynny oedd y cysur a'r llawenydd a gafodd wrth chwistrellu ei phrofiadau i benillion o emynau, a chlywed eu hadrodd a'u canu gan Ruth o amgylch y fferm. Ar y llaw arall, gall iddi sylweddoli'n reddfol fod yr hyn a ddaeth i'w rhan yn hawlio mynegiant amgenach na rhyddiaith dyddiadur.

Felly, am Ann Griffiths, y ferch o Ddolwar Fach, mae yna lawer yr hoffem ei wybod am amgylchiadau ei bywyd, nad oes modd bellach i ni ddod o hyd i'r manylion. Yr unig wybodaeth gyfoes gwbl ddibynadwy a feddwn yw'r profiadau a fynegir yn ei hemynau, ei gohebiaeth â John Hughes ac Elizabeth Evans, a chofiant byr y blaenaf yn *Y Traethodydd*. Tyfodd cryn ramant a dirgelwch o'i hamgylch, gyda beirniad o bob math yn awgrymu'r hyn a'r llall amdani am bron i ddwy ganrif. Yn ei ysgrif ar Ann yn y gyfrol *Myfyrdodau*, clywir ochenaid o ddiamynedddra yn sgrifennu T. H. Parry-Williams, gan i gymaint greu enigma o santes allan o'i bywyd. Eithr y mae ym mywyd Ann Griffiths, ac yn enwedig yn ei phererindod tuag at fwlch yr argyhoeddiad a thrwyddo, ddigon y gellid dyfalu a damcaniaethu yn ei gylch: pa mor arw fu'r daith at sicrwydd cadwedigaeth wedi gwrando ar bregeth Benjamin Jones yn Llanfyllin? beth fu ei pherthynas â'i theulu a'i chyfeillion wedi hynny? beth a'i chymhellodd i briodi'r blaenor a'r athro Ysgol Sul o'r Cefndu, Meifod, Thomas Griffiths, a hithau eisoes yn rhoi mynegiant yn ei gwaith a'i gohebiaeth i'r fath angerdd synhwyrus am Berson Crist? Ymgais i ateb rhai o'r cwestiynau hyn yw *Fy Hen Lyfr Cownt*.

Derbyniodd Rhiannon Davies Jones awgrym John Hughes i Ann arfaethu cadw dyddiadur, a'n cynysgaeddu ni â'r darn hwnnw o lenyddiaeth. Ffurf breifat ar lên yw'r dyddiadur, megis y llythyr, a ffurf addas dros ben i geisio cyflwyno hunangofiant. Dychmygol yw'r cyfan, wrth gwrs, ond wedi'i wreiddio'n ddiogel yn yr hyn sy'n hysbys, yn enwedig manion a manylion cofiant John Hughes, a gwybodaeth unigryw'r awdures, a enillodd yn ei phlentyndod, o filltir sgwâr Dolwar Fach a'i chefndir crefyddol a llenyddol. Mewn rhyddiaith greadigol sy'n ymwneud â chymeriad hanesyddol, mae'r dychymyg a hanes yn cydgyfarfod, a daw llên yn fodd o ddatgelu'r gwirionedd, nid y gwirionedd go iawn wrth gwrs, ond y gwirionedd y gellir cydymdeimlo a chydsynio ag ef fel yr unig ddarlun credadwy posib erbyn hyn. Ac yn achos Ann Griffiths, dyma'r unig ffordd y gellir dod o hyd i'r fath wybodaeth, sef trwy hydeimledd awdur at ei wrthrych a darlun y dychymyg o'r gorffennol.

Cyfrol fuddugol y Fedal Rhyddiaith yn Eisteddfod Genedlaethol Caerdydd, 1960, oedd *Fy Hen Lyfr Cownt*. Gofynnwyd am gyfrol 'o ryddiaith wreiddiol o deilyngdod llenyddol'. Cystadlodd saith, ac yr oedd y beirniaid, J. E. Caerwyn Williams, J. O. Williams a Stephen J. Williams, yn unfrydol i *Silin* ysgrifennu gwaith mwy uchelgeisiol na'r cystadleuwyr eraill, a llwyddo ar y cyfan i gyflawni'i uchelgais. Pwysleisiodd y beirniaid ill tri gamp y gyfrol, ac yn enwedig y feistrolaeth a geir ynddi ar y cefndir lleol a hanes-yddol, a'r feistrolaeth honno wedi'i mynegi'n gynnil drwyddi draw a heb fod yn ymwthiol o gwbl. Bu'r awdur yn llwyddiannus rhyfeddol ar hyd ei gyrfa i gyfuno'i hymchwil hanesyddol â'i dychymyg, gan wneud cyfraniad nodedig i *genre* y nofel hanesyddol. Yn debyg i Marion Eames, meistres arall ar ffurf y nofel hanes, defnyddiodd y gorffennol yn ganllaw, a'n tywys i werthfawrogi gwae a gorawen profiad ysbrydol Ann. Cyfeiriodd y beirniaid hefyd at y cymeriadau a bortreadir, ac at y defnydd o iaith sy'n datblygu'n raddol o dafodiaith Sir Drefaldwyn i ieithwedd fwy ysgrythurol a diwinyddol wrth i feddwl a chalon Ann fyned mwyfwy i gyflwr o bensyfrdandod, a'r nodweddion hyn yn ychwanegu at arbenigrwydd y gwaith. Cyhoeddwyd *Fy Hen Lyfr Cownt* am y tro cyntaf ym 1961, a chafodd groeso brwd gan feistri rhyddiaith megis Islwyn Ffowc Elis a Kate Roberts.

Anhepgor rhyddiaith greadigol hanesyddol yw sicrhau man cysurus i'r darllenydd mewn lle a chyfnod arbennig. Camp Rhiannon Davies Jones yw trawsblannu darllenydd *Fy Hen Lyfr Cownt* i Gymru droad y ganrif ddiwethaf a gwneud Dolwar Fach, Pontrobert, Llanfyllin, Croesoswallt a'r Bala yn dir diogel dano, ac yn gefnlen gredadwy am ddegawd olaf oes Ann Griffiths. Nid amhara'r cefndir hanesyddol fawr ar y stori, a chyfeirir at rai digwyddiadau cenedlaethol a rhyngwladol bron fel arwyddbyst i dywys y darllenydd ar ei ffordd. Un o'r prif gyfryngau i drosglwyddo'r newyddion yn y cyfnod hwnnw oedd yr almanac ac ymweliad yr almanaciwr â'r fro. Daw Grace Roberts heibio i Dolwar Fach yng nghwrs yr hanes, ac yn ei sgwrs cyfeiria at effaith rhyfel annibyniaeth America, y rhyfel â Ffrainc, dyheadau gwleidyddol rhai fel Jac Glan y Gors a dylanwad y Diwygiad Methodistaidd. Ni all fod gan y darllenydd unrhyw amheuaeth ym mha gyfnod y lleolir y stori, eithr mewn un sgwrs wrth fynd heibio y cyfeirir at y mudiadau pellgyrhaeddol hyn: ni wneir meistrolaeth amlwg yr awdur ar y cefndir yn ffocws yr hanes. Er hynny, gall ddefnyddio ei gwybodaeth yn greadigol i ddangos y croestynnu a'r ddeuoliaeth ym mhersonoliaeth Ann. Yn sicr y mae yn yr hanes dyndra rhwng diwylliant yr Wylmabsant a chrefydd y Methodistiaid, a rhwng y cymeriadau a berthyn i'r ddau fyd: er enghraifft rhwng Wil Llidiart Deryn, cymeriad dychmygol a chyn-gariad i Ann ac un a leolir yn gwbl bendant ym myd yr Wylmabsant, a John y Figyn, sef i ni, John Hughes, Pontrobert (a aned ym Mhenyfigyn, plwyf Llanfihangel-yng-Gwynfa flwyddyn o flaen Ann ym 1775), ac a ddaeth yn ffigwr tra phwysig ym Methodistiaeth Thomas Charles. Fe geir tri John yn y stori mewn gwirionedd, sef John, brawd Ann, y cyntaf o'r teulu i droi at y Methodistiaid draw yn seiat Penllys, ac a ddisgrifiwyd gan John Hughes fel un 'o dymher ddystaw, dwys, a serchogaidd, ac yn syml a thra difrifol yn ei agwedd grefyddol'; John Pendugwm, neu John Davies, Tahiti (1772-1855), 'a truly precious man' yn ôl un sylwebydd cyfoes: disgrifir ef yn dawnsio yn yr Wylmabsant a chyfeirir at helynt ei ddechrau yng ngwaith y Genhadaeth Dramor; ac wrth gwrs, John y Figyn, y ceir darlun athrylithgar o'i bryd a'i wedd yn nhafodiaith Sir Drefaldwyn gan Catrin, cymeriad dychmygol, a morwyn yn Nolwar Fach ar un cyfnod, un na fedrai ddarllen am na fu yn un o ysgolion Griffith Jones!

Yn *Fy Hen Lyfr Cownt*, cyfunir cymeriadau hanesyddol a rhai dychmygol, heb erioed dreisio hygrededd y darllenydd, ac y mae hynny ynddo'i hun yn arwydd o gamp y gyfrol. Eithr rhagoriaeth bennaf yr awdur yw ei phortread o Ann ei hun. Gan adeiladu ar awgrymiadau a manion cofiant John Hughes, a chan fynd dan groen y ferch ifanc i geisio cyfleu ei theimladau a'i hemosiynau cymysglyd ac angerddol ac i ddeall tristwch ac aflonyddwch ei hysbryd, rhydd i ni ddarlun cynhwysfawr iawn o'r cymeriad canolog a'r persona a leferir trwy'r llyfr cownt. Ymdeimlir â'i meddylgarwch ac â'i dwyster defosiynol. Gwelir nawseiddio agwedd Ann at y Methodistiaid, o'i dirmyg ar y dechrau nes myned i seiat Pontrobert i wrando ar Ishmael Jones, a'i theithiau i Green y Bala a chymun-pen-mis Thomas Charles a'i disgrifiadau mynych o'r sasiynau. Clywir am ei hymdrechion barddol ar aelwyd Dolwar Fach, nes anghofio am englyna a thorri allan mewn gorfoledd digymysg mewn pennill o emyn. Awgrymir o'r dechrau ei horiogrwydd hi ynghylch materion cnawdol a'i gallu i adnabod trachwant o'r fath yn dda, a phwysleisir ar hyd yr amser ei hafiechyd, nes dod â'r dyddiadur i ben ychydig cyn ei marw o'r clefyd a ddygai ymaith tua chwarter poblogaeth Prydain yn y ganrif ddiwethaf.

Am ryw reswm, nid yw pob dyddiad yn *Fy Hen Lyfr Cownt* yn cyd-fynd â'r wybodaeth sy'n hysbys. Ceir Ann yn gwrando ar y bregeth a ddechreuodd newid cwrs ei phererindod ysbrydol ym 1797, lle mewn gwirionedd digwyddodd hynny flwyddyn ynghynt. A cheir cymysgu rhwng seiat Penllys a Phontrobert, gan i'r naill symud at y llall—yn ôl tystiolaeth John Hughes ei hunan—tua 1795/6, pryd y cafwyd ychydig o ddiwygiad yno. Nid yw'r brychau hyn yn effeithio ar yr hanes a adroddir i ni, y datguddiad o fewnfyd seicolegol ac ysbrydol Ann. Ni sylwodd y beirniaid ar y gwamalu yma ym 1960 chwaith, eithr cyferiant ill tri at yr hyn a deimlant yn wendid y gyfrol, sef iddi ddod i ben yn rhy fuan, heb ymgodymu'n gyflawn ag amgylchiadau priodas Ann. Fe ellir dadlau fod yr adrannau o'r dyddiadur sy'n cloi'r gyfrol dipyn yn fwy cwta na'r rhai canol, er enghraifft, ac efallai bod y darllenydd yn awchu am wybod rhagor am y dirywiad yn iechyd Ann a'i bywyd beunyddiol fel gwraig briod. I raddau, wrth gwrs, fe'n paratwyd ar gyfer hyn: awgrymiadau cynnil bob hyn a hyn o'i hiselder; cyfeiriadau at ei diddordeb cnawdol, hyd yn oed ar ôl ei thröedigaeth, a datblygiad graddol yn ei hymateb i Thomas Griffiths o'i weld yn gyntaf o bell a hoffi ei harddwch, at ei ganlyn a chydgerdded ag ef at allor Llanfihangel-yng-Ngwynfa.

Yn y diwedd, yr argraff a gawn o'r hyn a wyddom sy'n hanesyddol ddilys am Ann Griffiths, ac o'r portread hwn sy'n cyfuno bywgraffiad ar y naill law a dychymyg dyfeisgar ar y llaw arall, yw ei bod hi'n ferch anghyffredin eithriadol, ac iddi fyw mewn milltir sgwâr nodedig iawn dros gyfnod byr o amser. Fel y dywedwyd, go brin y byddem yn gwybod fawr amdani heddiw, oni bai i Ruth drosglwyddo'r penillion o eiddo ei meistres oddi ar ei chof i John Hughes, ac iddo yntau, ynghyd ag eraill mwy adnabyddus fyth, megis Robert Jones, Rhos-lan, a Thomas Charles sicrhau eu cyhoeddi. Dengys geiriau Charles yn ei ragair i *Casgliad o Hymnau* (Y Bala, 1806), na fu hyd yn oed ei genhedlaeth ef yn gwbl gyfforddus gyda mynegiant aruchel a phrofiad tanbaid Ann:

Nid goleuni heb wres yw ei [g]oleuni: nid syniad cnawdol am Grist heb barch mwyaf goruchel iddo, mae yn ei genhedlu, ond mae ei [g]oleuni yn dysgu pechadur i adnabod Crist yn gywir, yn ôl tystiolaeth y gair amdano; a hefyd yn llenwi y meddwl â'r cariad a'r parch mwyaf iddo.

Ac felly y bu yn hanes sawl cenhedlaeth o gapelwyr ac eglwyswyr selog: gwrido yn wyneb cyfriniaeth erotig Ann, parchu ei Chalfiniaeth, a'i harwroli'n wyrth yn hanes ein llên. 'Un hynod ydoedd', meddai John Hughes. Heb unrhyw amheuaeth y mae *Fy Hen Lyfr Cownt* yn cadarnhau ei safle unigryw yn ein calonnau a'n meddyliau.

Kathryn Jenkins

Fy Hen Lyfr Cownt

Ni bu gennyf lawer o awch at ysgrifennu hyd heddiw ond rhaid i mi ysgrifennu neu fygu. Ti, yr Hen Lyfr Cownt, a roes imi'r syniad ac mae gen i flas dy lenwi. Ym Meifod, yn siop Dafydd Isac y pwrcasodd Mam di.

'Hwde, Nansi,' medde hi. 'Ysgrifenna'r Wyddor yn hwn i ni gael gweld faint o addysg a roes Mrs Owen y Sais yn dy ben di!'

Ond yma y buost hyd heddiw yn llechu rhwng *Gorffwysfa'r Saint*, Baxter a *Dewisol Ganiadau*, Huw Jones. Ni sgwennais gymaint ag un llythyren ynot am i hen wraig o Ddolanog ddweud y dôi Madam Bevan i gipio plant bach a roddai eu henwau mewn llyfr! Blinais ar Almanaciau'r 'Mwythig. Fe'u darllenais ganwaith. Does dim arall i'w ddarllen oni bai i mi droi at ddiwinyddiaeth Baxter. Mae hwnnw'n eitha llyfr i John Pendugwm a'r Methodistied, ond nid i mi. Oes, mae gen i flas dy lenwi, yr Hen Lyfr Cownt. Ac wedyn fe'th guddiaf nes y daw rhywun a gofyn:

'Ann Thomas, Dolwar . . . Pwy oedd hi, tybed? Pam yr ymdrafferthodd i gofnodi ei meddyliau fel y gwŷr o athrylith? Pa flwyddyn y bu hi farw?' Rwy'n teimlo mor hen ag y mae'r Hen Ffeiriad yn edrych. Ond mae henaint yn gorwedd yn esmwythach ar ei ysgwyddau o. Peth ofnadwy yw crebachu calon merch ifanc, pan fo'r galon yn ffres a bywyd yn tician o'i mewn. Rydw i wedi chwerwi ac nid oes noson fel nos Calan i godi ysbrydion. Fe'u codaf ddalen wrth ddalen a'u rhoi i orwedd ym mhlygion yr Hen Lyfr Cownt. Rwyf yma fy hunan yn Nolwar. Yn gynnar wedi cinio aeth Beth Hall i Lanfyllin ac roedd yn dda gen i gael ei chefn hi. Yn fwy na thebyg mae hi yng

Nghyrdde'r Annibynwyr yn serio ei llygaid ar ddilynwyr Rees, Llangyfelach. Ond dyna fo, mae pawb yn gwirioni mewn rhyw ffordd neu'i gilydd. Ydi, mae'n dda gen i gael ei chefn hi tae ond am ddiwrnod neu ddau i mi gael fy meddwl ataf. Rydw i'n hoff o Beth Hall, ond peth rhyfedd ydi merch o gylch y tŷ, yn medru darllen o dan y croen am fod ei chorff hi'r un fath. Mae dynion yn llai busneslyd. Ac eto tawn i'n esbonio iddi hi, fyddai hi byth yn deall. Ffrwyno fy nheimladau y bydda i efo hi am nad ydi hi'n berthynas o waed fel John a Nhad. Mae John fel 'y mraich i neu fy ysgwydd i, yn creu poen yno' i, a hynny am ei fod o mor dawel a digyffro. Tydi o'n dangos yr un arwydd o ieuenctid. Fedra i byth gael boddhad o'i watwar, am nad oes ynddo ddigon o gic i ateb yn ôl. Am Siân fy chwaer, mae hi mor ddieithr i mi er pan aeth yn wraig i Siop y Gornel, Llanfyllin, fel tae ymuno â'r dosbarth masnachol wedi codi pared rhyngom. Edward yw'r mwyaf bywus ohonom ond tydi pethau ddim yr un fath er pan aeth i'r Wern Fawr. Plentyn ydi o i mi o hyd rywsut. Am fy nhad, er pan fu farw Mam mae o â'i ben yn ei blu, yn ymhél â Cherdd Dafod a phethau cyffelyb efo Harri Parri yng Nghraig y Gath. Tim y gwas bach ydi'r unig un sy'n dangos y rhithyn lleiaf o fywyd yn y lle yma, ond nid yw hwnnw wedi gorffen tyfu eto.

Dyma fi heno wedi poenydio John. Pan ddaeth o i mewn o'r sgubor gynnau cyn cychwyn am Seiad Penllys, roedd yr olwg arno fel tae o newydd gael ei ryddhau o ffwrneisi Sancteiddhad y Methodistied a'i dalcen yn foddfa o chwys. Methais ffrwyno fy nheimladau oblegid wn i ddim pam y dylai o a John Pendugwm a John y Figyn—y Drindod Sanctaidd— fyw fel Ffeiriad y Pab? Mae John Pendugwm yn eitha

2

dawnsiwr. Bûm yn dawnsio gydag o yng Ngwyl-mabsant Llangynog. Mae o'n hardd o berson hefyd. Dyna John y Figyn wedyn. Mae o'n ddigon aflêr, mi wn, ond mae digon yn ei ben i fod yn athro yn un o ysgolion Mr Charles. Ac felly rhyw gorddi o'm mewn yr oeddwn pan ruthrais ar John heno.

'Dwed wrth John y Figyn a John Pendugwm fod Mair Magdalen yn debyg odiaeth i Dora Meri'r Hendre!'

Yn lle fy ngheryddu tynnodd yn fy ngwallt yn chwareus fel y gwnâi yn ysgol Mrs Owen y Sais erstalwm ac meddai,

'Pam nad ei di i ddawns Calan Llan heno, Nansi?'

Fe'm cafodd yn y man gwan eto. Daeth dagrau poethion i'm llygaid. Maen nhw mor agos i'r wyneb rywsut.

'Na . . . dim heno, John.'

Ond mae ef yn deall yn burion.

'Leiciet ti i mi aros yn gwmni i ti?' gofynnodd wedyn gan wastatáu ei wallt uwch ei dalcen uchel, cadarn a dangos tynerwch ei lygaid.

'Byddai'n well gen i i ti beidio, John,' meddwn.

'Nansi,' gofynnodd yn dawel, 'ydi Wil Llidiart Deryn yn dal i'th boeni di?'

Ie, rhyw siarad yn dawel fel yna roedd John fel tae arno ofn i'r muriau siarad yn ôl. Daeth llwnc cras i'm gwddf. Oedodd wedyn yn y cyntedd.

'Nansi? . . . Wyt ti'n siŵr y byddi di'n iawn?'

Ac felly wrth oedi ymadael roedd yn pentyrru fy ngofidiau arnaf.

Gwrandewais ar sŵn ei droed yn gwanhau dros y buarth a dyma fi eto wedi fy nghau ynof fy hun fel blwch. Mae ei gaead yn glòs ar fy ochrau cornelog.

Ydi, mae'r gwynt o hyd yn yr onnen. Heddiw fe

welais yr onnen yn lluniaidd noeth a'i brigau yn silwetaidd lân. Gwnaeth i mi feddwl am fysedd main y Dwyreiniwr a ddaw i werthu lasie a pherarogle o farchnad 'Mwythig.

'*Cedar wood from Lebanon*,' meddai, a rhoes ddarn bychan o bren cedrwydd yn fy llaw. Fe'i cedwais ym mhlygion fy ngŵn linsi yn y llofft ac mae fel nardus y Dwyrain. Ni thâl breuddwydio ddim!

Rydw innau fel yr onnen yn noeth. Does gen i na brigau na dail. Tae'r rhuddin yn farw, byddai'r pren farw.

Erstalwm roedd bywyd yn ddiddos, ddiddan. Fe'm cefais fy hunan mewn cornel gynnes a chodwyd muriau clyd o'm cwmpas—Mam a Lisbeth a Wil. Fe'm stripiwyd i lawr a'm gadael yn oer ac unig. Rwyf mewn pwll gwag heb sicrwydd o ddim. Pe gwyddwn i fod yna Dduw mewn gwirionedd neu pe medrwn dwyllo fy nychymyg yn ddigon pell i greu ffantasi o Dduw byddai hynny yn help i gadw'r drafftiau i ffwrdd.

Beth ddwedai merched Llanfihangel pe gwyddent fy mod yn ymdrafferthu am faterion enaid a phethau felly?

Ond ni ddaeth neb yn ôl o'r bedd! Pe cerddech i mewn i'r gegin, fy hen fam, fe daflwn fy mreichiau am eich gwddf a'ch cadw yn gyfan i mi fy hun. Dyna brofiad bendigedig fyddai hwnnw am fod hiraeth wedi llenwi'r gwacter i'w ymylon â chariad. Ac eto tydw i ddim mor sicr nad ydech chi hefo mi, Mam a Lisbeth. Os ydech chi, fe deimlwch yn ddigon cartrefol. Nid yw'r gegin wedi newid dim. Mae'r ddwy setl yn disgleirio dan glwt cŵyr melyn Beth Hall; y gadair dderw yn drwm gan waith cerfiedig; patrwm ymylwe'r cwpwrdd deuddarn yn feichiog o betalau

4

blodau a'r ffiolau llyfn glân o bren masarn ar y silff ben tân. Mae oppodeloc Grace Roberts a chyffuriau'r crach a'r ddannodd yn y cwpwrdd cornel yn y man y gadawsoch nhw, Mam. Nid yw amser yn newid . . . Blinais ar ysgrifennu. Fe'th rof i'th gadw yn ôl, yr Hen Lyfr Cownt, rhwng Baxter a Bardd Llangwm. Byddi'n eitha diogel rhwng y diwinydd a'r hen faledwr. Siawns na ddaw awydd i'th lenwi eto.

Mae'r gwynt o hyd yn yr onnen. Sgwn i sut y teimlai fy nhaid a'm hen-daid Hugh ap Thomas pan glywent hwy ddolefain y gwynt genedlaethau'n ôl? Hwyrach nad oedd eu clust yn ddigon main i fedru teimlo'i glywed. Na chawn innau gyfran o'u tangnefedd hwy!

Ond mi glywa i sŵn llidiart y buarth a chyfarth cynnes Siep o'r helm. Mae Nhad wedi dychwelyd adre o Graig y Gath . . .

Ionawr 1796
Ni bu fawr o hwyl sgwennu'n ddiweddar. Mae'r hin mor oer. Bydd yn dda cael Ionawr a'r Mis Bach drosodd. Fel hyn y byddai hi erstalwm pan aem i Ysgol y Ffeiriad i Lanfihangel a'r dŵr wedi rhewi yng nghafnau'r gwartheg a John yn medru sglefrio ar y llyn yn ei sgidiau hoelion mawr. Codi yng ngolau'r lleuad a pheswch cwta Lisbeth yn gwenwyno'r oerni. Aroglau camffarét a roesai Mam ar ei gwlanen goch. Beth Hall yn y briws yn sblasio dŵr o'r cunnog ar ein hwynebau a hwnnw mor galed fel y byddai raid iddi dorri'r ias wrth y pentan. Ninnau wedi'n stwffio mewn boneti a chepiau brethyn tewban yn dilyn y ffordd droellog i Ysgol y Ffeiriad rhwng siglenni a phyllau dŵr rhewedig y ffordd drol . . . Ond mae'r lle yma yn gaclwm gwyllt o benboethiaid! Beth Hall yn

dwndrian am ragoriaethau Annibynwyr Llanbryn-
mair, y Cwaceriaid yn Nolobran a Methodistied
Penllys! Pobl wyneplaes drist yw'r Methodistied yn
mynnu cadw gwylnos ar y disieu a'r twmpath
chwarae. Fe dybiai dyn eu bod nhw ar Sul-pen-mis
yn cychwyn i'r Bala i wasanaeth claddu, a hynny heb
Ffeiriad! Y pererinion ar eu ffordd i Fecca!

Ond mae gen inne ffrind. Mi fedra i anghofio Wil
Llidiart Deryn yn ei gwmni o. Beth pe gwyddai'r
Methodistied fel y mae Thomas Evans y Curad yn
medru canu a siarad anwes, yn medru caru a chasáu
a sôn am Iesu Grist fel un o gariadon Mair o Fagdala?
Wrth gwrs, tydw i ddim mewn cariad efo fo. Sut y
medra i fod mewn cariad efo'i gorpws llawn o a'i
wyneb tursiog? Ond y mae o'n gyfrwys ei symudiadau
fel glöyn haf a chanddo lais mwynaidd sydd mor
wahanol i'r Methodistied. A phob tro y bydd o'n sibrwd
eich enw, fe dybiech nad oes neb fel y chi yn y byd.

'Ann Thomas,' meddai, 'rydech chi'n unig iawn y
dyddiau hyn fel colomen fach wrthi ei hunan. Nid da
bod dyn ei hunan, Ann fach. Mae digon o golomennod
eraill heb fynd ar ôl y brain a'r gornchwiglen a'r
gwdihw! . . . Mae'r golomen fach yma yn un hardd
hefyd efo'i hwynepryd gwyn â'r arlliw o wrid ynddo,
a'r talcen uchel . . . talcen o athrylith efallai pe câi
addysg . . . Mae'r cnawd yn hyfryd iawn hefyd, Ann.
Rhodd Duw i ni yw'r cnawd. Mae'r cnawd yn
sanctaidd, Ann.'

O leiaf fe rydd rywbeth i mi feddwl amdano!

Chwefror 1796
Rhaid i mi ysgrifennu heddiw ac agor fflodiart i'm
meddyliau trist. Digwyddodd dau beth o bwys.
Heddiw y clywais y bydd Beth Hall yn ymadael ben

tymor ac y gwelais arwyddion cyntaf y gwanwyn. Heddiw mae Beth Hall yn rhywun o bwys. Collodd ei dinodedd am un diwrnod o leiaf. Mae ei llygaid croesion hi yn sefyll allan yn ei phen yn fwy nag arfer ac mae hi'n ddigon mentrus i hel ei phethau a chodi'i phac. Mynd i Lanfyllin y mae hi at ei mam a phobl Lewis Rees, Llangyfelach. Beth Hall ydi'r unig un na wnawn i ei difrïo hi o blith yr Ymneilltuwyr. Mae hi'n ddigon pwysig hefyd i adael lle gwag ar ei hôl. Mi rown i rywbeth am ei hysbryd anturus hi. Mi glywais Dafydd Siôn Siams o Benrhyndeudraeth yn sôn am draeth y Bermo, ond fûm i ddim pellach na Syswallt a hynny ar ddiwrnod marchnad. Mi leiciwn i weld y môr.

Bellach mi fydd yn rhaid i mi fodloni ar sŵn y gwynt yn yr onnen ac ar wrando ar Nhad a Harri Parri yn sôn am rinweddau'r Rhupunt Byr. Yn sgil un meddwl trist daeth eraill yn blygion yn y gynffon.

Toc wedi cinio blinais ar y meddyliau trist ac euthum i lawr i'r Llan. Pwy oedd yn Siop Llan ond Cadi Thomas efo'i thrwyn bachog a'i dau lygad tylluan.

'Wel,' meddai'n fusneslyd, 'fe wnewch ugain yn Ebrill.'

Fe ŵyr hi hanes pawb o Langynog i Fwlch y Ddâr. Ac meddai wedyn,

'Roeddwn i'n forwyn ganol yn y Cyfie pan aethon nhw â chi i'r Llan i'ch bedyddio. Roedd hynny cyn dyddiau Thomas Evans y Curad.'

Teimlais y pigiad. Hen ddynes isel, fras yw Cadi Tomos ac wrth gau drws y siop ar ei hôl meddai,

'Peidiwch â deud na fu neb yn "cnocio" arnoch chi, Nansi Thomas. Rhaid i chithe fod yn y ffasiwn.'

Cadi Tomos a'i meddwl pwdr! Beth pe gwyddech

am brofiadau ofnadwy fy nghnawd? Fe'm rhestrech ymhlith y puteiniaid.

Bu'r misoedd hyn yn hunlle i mi byth er pan oedd hogie Dyffryn Clwyd a Dyfrdwy yn paratoi i fynd tua thre adeg y Fedel y llynedd. Oedais ddweud y cwbl wrthyt tithau, fy Hen Lyfr Cownt, ond mentraf ddinoethi f'ysbryd yn greulon, ddiarbed. Nid oes neb yn debyg o'm bradychu. Ers misoedd bellach bu'r nwyd yn cryfhau ynof a hwnnw'n mudlosgi'n unochrog yn ei fflam ei hun. Mygu dagrau i'r goben-nydd a deffro ag amrantau chwyddedig.

Fy nghariad i oedd Wil Llidiart Deryn. Fe'i gwelais gyntaf yn ffair Ffylied Llanerfyl—Wil efo'i wallt lliw copr, ei lygaid gwinau a'i wyneb gwridog uwch ei gorff lluniaidd. Roeddem ni griw y Llan yn taflu cóconyt yn y ffair pan drawsom ni ar Wil i ddechrau, ac wedyn mi fu'n dawnsio efo ni i fiwsig y rownd-abowt. Fe'i gwelais wedyn ar hen gambo o flaen drws sgubor tafarn Llangynog yn chwarae rhan 'Cariad' yn *Tri Chryfion Byd*, Tomos Edwards. Roedd y dyrfa'n afreolus ddigon nes i Wil ganu ar 'Y Galon Drom'. Bu'n ymbil ag Angau ac fe allasech glywed ei lais mwyn yn ymestyn dros y bryniau. Fu gen i fawr i'w ddweud wrth Anterliwtiau'r Nant tan y noson honno. A'r foment hon medraf ei glywed,

> Rwyf fel tân, ymlaen y tynna
> At y byw sydd heb eu difa;
> Mae'n elfen cariad fywiol anian,
> Cymer y meirw i ti dy hunan.

Pan oedd yr Anterliwt drosodd buom yn dawnsio i 'Llafar Haf' a 'Crimson Velvet'.

'Mi fynna i ddawnsio efo chi, Ann Thomas,' meddai

8

Wil, 'mae ganddoch chi ŵn merino tlws a llygaid breuddwydiol os ca i ddeud.'

Mi wyddwn i ar ei siarad o mai un o ochre Meirionnydd oedd o. A rhywsut fu dim yr un fath ar ôl y noson honno. Mi fedrwn orwedd ar fy nghefn yn fy ngwely yn breuddwydio am ddim byd; doedd colli cwsg yn dreth yn y byd arna i. Roeddwn i'n gweld pawb yn od o dlws ac mor ffeind. Dwy flynedd o nefoedd nes i Mam ddechrau pigo arnaf . . .

Wedi gadael Siop Llan y pnawn yma dihengais i fyny'r allt am yr Eglwys yn rhyw ddisgwyl taro ar y Curad. Ond nid oedd neb o gwmpas. Cerddais at fedd Mam. Mae'n rhyfedd fel y medr dyn siarad yn wrthrychol am bethau a fu'n rhan mor hanfodol ohono. Bu amser pan ofidiwn fod Mam yn hir yn y maes neu iddi syrthio i lawr yr ysgol o'r daflod. Ond fel eira llynedd, yr anghofiais ei wynder a'i oerni, fe dorrwyd yr ias. Mae rhywbeth mor derfynol mewn marwolaeth, yn wahanol i anfon rhywun at berthnase a gofidio wedyn rhag eu bod yn crafu am ei fwyd ac eisiau gweld ei le. Fy hen fam! Heddiw medrais ffeindio bai arnoch. Oni bai amdanoch chi fe fuaswn i'n caru efo Wil Llidiart Deryn. Roeddech chi mor falch â hil y Theodoried i gyd a chredech fod yr haul yn codi ar fy nhaid am iddo fod yn Warden Eglwys Llan. Mynnech fod yn greulon i gadw'ch bonedd. Ydech chi'n cofio fel y buom ni'n hir yn methu siarad y ddwy ohonom, ond am bethau disylw nad oeddynt is na'r croen, a hynny am na fynnech i mi gael Wil Llidiart Deryn yn gariad. Pam yr oeddech chi'n ei gasáu a chithe heb erioed ei nabod? Bob tro y dôi rhyw argoel o gynhesrwydd rhyngom byddech yn codi gwrthglawdd wedyn a hwnnw'n fferru pob teimlad ynof. Roeddech chi felly yn medru gwthio

Wil ymhellach oddi wrthyf, ond y chi fyddai'n ennill bob tro am eich bod chi yno'n sefydlog fel yr hen ddaear.

'Nansi,' meddech chi, 'fe dybiai rhai dy fod yn benuchel efo'r talcen mawreddog yna. Rwyt ti'n ddeallus fel dy dad. Fu dim cystal llawysgrifen gan neb â'th dad . . . Fe fynnwn i ti gael priodas fel Siân.'

Siân oedd diwedd y byd i chi ynte, Mam, am iddi briodi arian a chael byw yn Siop y Gornel, Llanfyllin.

Fynnwn i ddim siarad am gariad efo chi ac er na cherais Wil yn llai, deuthum i ofni tlodi. Ni fynnech imi briodi â phrentis o saer a allai wneud stolion a chefngor. Fynnech chi ddim ychwaith gydnabod fod ganddo athrylith. Llwyddasoch i'm dieithrio oddi wrtho, a fynn Wil ddim bod heb gariad!

Ond Mam, fe deimlais yn well wedi cael siarad fy meddyliau efo chi. Wn i ddim, ond mae'n bosibl mai chi oedd yn iawn yn y pen draw.

Sleifiais allan drwy borth y Llan rhag i mi daro ar y Curad ac i hynny amharu ar y tawelwch.

Ceisiaf ddal ar y tawelwch beth yn ychwaneg. Does wybod beth fydd gan yfory i'w gynnig.

Mawrth 1796
Poenydiais Tim bach heddiw a fedrwn i yn fy myw sefydlu fy meddwl ar ddim am y gweddill o'r dydd rhwng tosturio wrth Tim am i mi ei frifo fo, a thosturio wrthyf fy hun am adael i eraill fy mhoenydio. Mae Tim yn ddigon taeogaidd i fedru gwrando yn y rhigole ac ae hynny yn fy mhlesio i.

'Meistres Ann,' meddai o, y bore yma yn y briws, 'fedrwch chi gadw cyfrinach? Mae gan John Thomas gariad!'

Chwerddais yn isel yn fy ngwddf a phob tro y

gwnaf gyff gwawd o John, daw rhyw deimlad gwan drosof a wna i mi ei garu'n fwy.

'O,' meddwn, 'pa un ai Dora Meri'r Hendre neu Mali Mawddwy ydi hi, Tim?'

Cochodd y bachgen at fôn ei wallt. Mae o'n dipyn o ffrindiau efo John ac yn ei ddilyn i Benllys weithiau. Rhoes hynny fwy o ysgytwad i mi ei watwar.

'Wel, pwy ydi hi, Tim?'

'Mae hi'n well siort na'r rheina, mi a' ar fy llw.'

'Beth ydi'i henw hi, Tim?'

'Wn i ddim . . . ei glywed o yn yr helm wnes i.'

'O ie, a beth oedd o'n ddeud?'

'Deud . . . deud iddo roi *let down* i'w briodasferch a gofyn i Dduw fadde iddo, a'i fod o am ei charu hi eto.'

'Wedi camwrando yr wyt ti, Tim.'

'O na, Meistres Ann. Roedd o'n siarad yn debyg odieth i'r Cynghorwr Methodist ym Mhenllys . . . am briodasferch wedi'i thrwsio i'w gŵr. Roedd John Thomas yn sicr o fod yn dweud y gwir, Meistres Ann!'

Chwerddais yn uwch.

'Rhyfedd arw os na soniodd o am Drefn Iachawdwriaeth hefyd. Rwyt ti'n hen o dy oed, Tim, bach tro, fel plant Seiad Penllys i gyd. Fe wnân nhw eitha Cynghorwr ohonot ti eto!'

Ar hynny rhoddais hergwd iddo ym mhen ôl ei drowsus efo darn o bren ffust. Sleifiodd ei gorff gwisgi pen-fferet am noddfa'r helm, ond nid cyn i mi weiddi ar ei ôl, 'Dos i garu efo Kit ach Siencyn i'r Halfen er mwyn i ti dyfu i fyny yn naturiol!'

Ni chododd Tim ei olygon i fyny oddi ar y bwrdd cinio heddiw. Llowciodd ei frwes yn fân ac yn fuan. Heno yn fwy na thebyg mae o efo'r hogie yn Nhafarn

11

Llan heb boen yn y byd yn cymysgu'r gwerin ar y gwyddbwyll.

Ebrill 1796
Rwy'n meddwl fy mod yn dechrau cael blas ar fod yn drist. Mae trymder ysbryd hyd yn oed yn gwmni, fel tae dyn yn torri'n ddau, a'r naill ran yn edliw ei dristwch i'r llall. Tae hi'n ben tymor ac i Beth Hall ymadael fe deimlwn yn well. Peth cas ydi aros i rywun fynd ac ofni'r gwacter ar ei ôl. Mi glywais am hogen o forwyn erbyn C'lanmai. Un o ochre Llanbrynmair yn wreiddiol. Chymerais i ddim rhyw lawer at yr eneth, a dweud y lleiaf. Roedd hi mor dafodrydd a'i hacen hi'n chwithig.

Heno galwodd Edward efo'i ddillad golchi o'r Wern Fawr. Mae o fel tae o wedi tyfu tra bûm i'n cysgu. Rwy'n teimlo'n euog i mi ei esgeuluso cyhyd. Parodd fy helyntion i mi ei gornelu mewn cilfach gefn yn fy meddwl. Roedd o'n osio mynd efo John i Benllys heno. Hei lwc na thyf yntau ddim i fyny efo wyneb hir trist-dduwiol. Edward, 'machgen annwyl i!

Ers dyddiau hir methais â chael Wil o'm meddwl. Clywais ei fod ym Mhontllogell yn aros mewn tŷ yno. Nid oes ond braich o fynydd rhyngof ac ef. Hyderais yr âi o'r wlad yn ôl i Edeirnion. Medrwn redeg bob cam o Ddolwar i Bontllogell a thaflu fy mreichiau amdano yng ngwres fflam fy nghnawd ond ni byddai ond oerni'n ymateb. Fe all dyn ddygymod ag oerni'r marw ond mae oerni'r byw yn wahanol. Oddi tano mae gwewyr bywyd yn ei ofn a'i gasineb, ei dosturi a'i gariad a all ffrwydro drwy'r oerni a gwneud cyff gwawd o'r cnawd.

Rhaid i mi heno eto ail-fyw y noson dyngedfennol honno yn niwedd y Fedel y llynedd. Mynn wthio ei gwddw main i bobman yr af ond heno fe roddaf dro yn ei gwddf a'i rhoi i'w chadw dros dro beth bynnag . . .

Buaswn yno ddwynos a theirnos wrth foncen y Comin yn aros am Wil. Disgwyl a gwthio blaen f'esgid i'r mwsogl wrth fôn y pren a gogor-droi yn fy meddwl. O'r diwedd fe ddaeth. Ceisiais wenu—rhyw hanner chwerthin o wên ofnus yn disgwyl dedfryd i fywyd neu farwolaeth. Ni ofynnais iddo paham na ddaethai o'r blaen ac ni roes yntau eglurhad.

'Mae Hogiau'r Fedal yn ymarfer Anterliwt i lawr yn y Llan heno,' meddai toc. Curais flaen f'esgid i'r un man ag o'r blaen.

'O, ydyn nhw?' meddwn gan swnio'n ddidaro.

'Mae un o'r hogiau'n wael, wedi cael trawiad gan yr haul adeg y c'nhaea, a heb ddod trosto.'

'O ie.'

'Mae o am i mi gymryd rhan Mr Rheswm Natur yn ei le yn *Pleser a Gofid* ac am i mi ganu ar 'Ruabon Bells'.'

'Mi wela i.'

'Gwell . . . i mi fynd.'

'Ie . . . ewch chi.'

Ond nid oedd Wil yn symud cam.

'Roeddach chi wedi oeri unwaith, Ann,' meddai, 'a rŵan . . . rydw innau wedi oeri.'

'O!'

'Fydda i ddim yn dŵad eto, Ann.'

'O . . . felly . . . rydw i'n deall.'

Rhoes ef ochenaid o ryddhad am i mi ei ollwng ymaith mor ddiseremoni. Cerddodd ar hynny yn wysg ei gefn i lawr tua'r wtra o'r boncen.

'Mi fyddwch yn yr Anterliwt, Ann,' gwaeddodd.

'Bydda, o bydda!'

A bu bron i mi â gweiddi dros y wlad.

'Byddaf yno yn canu ar ucha fy llais gael i'r wlad i gyd wybod mor llawen ydw i, mor gynddeiriog o lawen!'

Wedi cael pen yr wtra cerddodd yn brysur i gyfeiriad ffordd Llanfihangel fel tae brain y byd wrth ei sodlau.

Ni wn i am ba hyd y bûm yn sefyll yno ond gwn i lwydni'r noson honno o Hydref gau amdanaf. O'r diwedd rhedais innau i lawr yr wtra a phob cam i lawr y Comin. Roeddwn yn archolledig, noeth. Nid oedd ond gwacter o'm cwmpas. Gallwn redeg i Afon Fyrnwy, i Fanw, i Benllyn ac i Lyn Tegid; gallwn ddianc i'r Bermo ac i'r môr; gallwn ymgrogi wrth yr onnen neu estyn y cryman-medi o'r sgubor neu'r gwellaif oddi ar fur y Bing. Byddai pawb ym mhlwy Llanfihangel yn siarad,

'Y fo a'i lladdodd hi! Wil Llidiart Deryn a'i lladdodd hi! Y bachgen o saer a'i lladdodd hi!'

Porthai hynny fy hunanfalchder. Nid oedd neb o gwmpas. Safwn yn awr wrth yr onnen ger y tŷ. Cydiais yn dynn yn ei changau preiffion nes teimlo rhuddin y pren yn cyflymu fy ngwaed. Ar hynny, ymgripiodd awel ysgafn y nos dros wrymiau llyfn y bryniau. Rhyngof a'r ffurfafen gwelwn wyneb Mam yn lân. Roedd hi yno ac eto pe estynnwn fy llaw i'w chyffwrdd ni byddai hi yno. Clywais ei llais ond ni wyddwn pa un ai hi neu fi a siaradai.

'Nansi! Nansi! Mae hi'n aea serch arnat ti. Fe'i teimlais yn y pridd. Mae o yng ngwreiddyn y glaswelltyn ac yn rhuddin y pren. Ond fe ddaw'r swch eto fel arian byw i'r rhychau a chynhyrfiad y creu. Cadw dy ffydd, Nansi. Dim ond y ti a fi a ŵyr i'r bachgen yna sigo dy galon!'

14

A'r noson honno y gwybûm fy mod yn brydydd. Fe elli di ddeall, fy hen Lyfr Cownt, bellach am brofiadau ofnadwy fy nghnawd y misoedd wedi hynny pan chwalai fy nwydau yn chwys oer drosof— y cyffro rhywiol hwnnw a ddiffoddai'n lludw di-esgor, mud. Rwy'n teimlo'n well yn awr. Siawns na chaf i ddechrau cefnu bellach.

Mai 1796
Fe aeth Beth Hall o'r diwedd. Aeth â bron ugain mlynedd o'm bywyd i'w chanlyn. Fedra i yn fy myw hoffi Catrin. Mae hi fel crafu pren yn groes i'r graen. Mae hi'n ferch solet ddigon efo'i gwallt du a du tywyllach ei llygaid, ond mae ganddi anferth o geg a thro busneslyd yn ei gwefusau. Mae ei hagosatrwydd ymyrgar a'i pharablu gwag yn fwrn ar f'ysbryd. Wn i ddim faint o wir Efengyl sydd yn ei chalon hi ond mae hi byth a beunydd yn pentyrru hanes Methodistied Llanbryn-mair arnom ni.

'Diaist bêch i!' meddai. 'Dene i chi bregethu y bydde Harris yn Llanbryn-mair. "De chi, bobol," medde fe, "gofynnwch i'r Ysbryd Glên fadde i chi ych pechode." Dier bêch, roedd cantoedd o bobol Llanbryn-mair wedi hel wrth y gwrychoedd a hyd yr wtre i weld Harries, a'r Curad wedyn am iddo dewi ac yn cyhoeddi Gosber am ddau o'r gloch y pnawn i gadw Gwes yr Arglwydd drew.'

Gallaswn roi i fyny yn burion â hi pe cadwai ei dau lygad deryn iddi ei hun . . .

Duw a faddeuo i mi, ond mae'n gas gen i ei thafodiaith hi. Rargen y byd y mae yna fedlam o le yn Llanbryn-mair os yw pawb yn parablu fel Catrin. Ac eto mae yna rywbeth digon digrif ynddi. Meddai hi heddiw ar ginio,

'Rargen bêch! Mi laddwyd ceiliog Edward Thomas chi ar y cocyn yn Nolanog. A fynte wedi rhoi siwgr candi a chwrw i'r credur bech a gloywi'i erfyn. Dario unweth! Hen geiliog mab y ffeiriad yn rhoi cweir iddo. Dêd mawr! I feddwl bod Eglwys Loeger wedi rhoi cweir i'r Methodistied!'

Chwarddodd nes bod ei hochrau'n chwerthin hefyd. Trwy drugaredd fu hi ddim yn un o Ysgolion Gruffydd Jones, ac o leiaf yr wyt ti yn ddiogel, fy Hen Lyfr Cownt.

Mehefin 1796
Roedd yn rhaid i mi osgoi Catrin. Ffoais i'm hen fywyd unwaith eto. Neithiwr euthum i Dafarn y Llan efo Mali Mawddwy a'r criw. Roedd Dic Huws y porthmon yno a'r gyrwyr gwartheg o Ffair Barnett. Mae sôn i Dic Huws gael ei ddenu gan y Methodistied. Yfodd Mali Mawddwy yn helaeth o'r *cheap gin* a'i gwallt coch tanbaid yn bradychu ei thras i Wylliaid Mawddwy. Cafodd Seimon Dolobran fwy na'i wala. Efelychodd lais mursennaidd yr Hen Ffeiriad, 'Gochelwch y Methodistied!' Neidiodd ar ei draed wedyn a llefodd, 'Gochelwch buteinio—fel y porthmyn'.

'Ista lawr, fachan,' gwaeddodd un o'r gyrwyr o blith yr Hwntws. Sylwais fod Tim bach yno yn un gornel yn chwarae disie efo'r hogie. Tynnodd Tim sylw Dic Huws y porthmon ato'i hun.

'Be ydi d'enw di, dywed?' gofynnodd y porthmon.

'Timothy Jones, syr.'

Chwarddodd pawb ar hynny.

'Rhowch lasied o'r *cheap gin* i'r llanc,' gwaeddodd rhywun.

Ond ni allodd y porthmon dynnu ei sylw oddi ar Tim.

'Dwed i mi,' meddai. 'Pwy a'th ddysgodd i siarad mor fonheddig, dwed?'

'John Thomas, Dolwar, syr.'

'Gwylia dy draed,' gwaeddodd gwas Moel y Fronllwyd, 'neu fe gei dy wneud yn gythrel o Gynghorwr Methodist.'

Teimlais fy llwnc yn fras yn fy ngwddf. Roedd y gegin yn troi o'm cylch fel y rownd-abowt yn ffair Llanerfyl.

Mae Tim bach yn buprog ddigon, ac meddai wrth y porthmon,

'Lle cawsoch chi'r graith yna, syr?'

'Yn Swydd Essex, 'machgen i, gan ryw Ddic Turpin o leidr pen-ffordd.'

'Sut na fu iddo'ch lladd, syr?'

Cydiodd y porthmon yn ei ffon.

'Weli di'r ffon yma? Ei drawio fo efo hon wnes i, fel y bydd dyn yn trawio anifail anhydyn.'

'Sut y medroch chi drin y briw, syr?'

'Mynd at yr apothecari, Tim bach, a gofyn i Iesu Grist fy helpu ac wedyn mi ges Ffon y Bywyd i 'nghynnal.'

Agorodd Tim ei geg yn llydan, gyfled â'i lygaid. Un peth oedd clywed y fath araith yn Seiad Penllys, peth arall oedd ei chlywed o enau Dic Huws yn Nhafarn Llan.

Aeth chwilfrydedd Tim yn drech nag ef,

'Dwedwch i mi, syr, ydi o'n wir nad ydi Hopcyn y Corrach o Forgannwg yn pwyso dim ond dau bwys ar bymtheg?'

'Ista lawr, fachan,' meddai'r Hwntw hwnnw o yrrwr gwartheg.

'Ydi o'n wir bod yna gamel o'r Aifft yn Ffair Bartholomew . . .?'

'Ista lawr, y ffowlyn! Ista lawr! Wyt ti'n cretu taw un yn gwpod popeth yw porthmon, gwed?'

Ar hynny gwthiodd yr Hwntw ei ffordd i'r man lle'r oedd Mali Mawddwy yn parhau i sipian ei *cheap gin.* Rhythodd ei lygaid chwantus arni, ar gnawd ei gwddf ac ar ystum gynnes ei mynwes.

'Wedjen bert, fachan. Fe wnâi eitha cowled!'

Fflachiodd ei llygaid hithau ac estynnodd ei breichiau blonegog tuag ato. Ond ffei i'r fath le! Cawswn ddiflastod ar y lle. Gwthiais fy mhen tua'r drws. Ar hynny cerddodd yr Hen Ffeiriad ar draws fy llwybr o barlwr y dafarn. Pan welodd Seimon Dolobran ef gwaeddodd yn fursennaidd,

'*No cheap gin for a Welshman! Give us Mister Morgan Rondol the tea.*'

Chwarddodd pawb ond y llanwyr selog.

'*Pshaw! Pshaw!*' meddai'r Hen Ffeiriad, '*a pet theme of your ballad-mongers was the eternal controversy between Mr Rondol of the East India Company and Sir John Barley Corn the beer. Dead before your Welsh Garrick Thomas Edwards embarked on his rude satire.*'

'Mi dynnwn fy het i Harris Trefecca cyn y gwnawn i i chi, syr,' gwaeddodd un o'r gyrwyr ar ôl y Ffeiriad.

'*Pshaw! Pshaw!*' llefodd y Ffeiriad, mor ansicr o'i drywydd ag o'i draed erbyn hyn,

'Porthmon mi wela—un o dylwyth y sgubor efalla. Pobl y bregeth o'r frest. *Pshaw! Pshaw!*'

Cyraeddaswn y drws erbyn hyn. Cydiais yng ngholer cot Tim a eisteddai gerllaw iddo,

'Tyrd adre, Tim,' meddwn.

'Reit, Meistres Ann,' meddai. 'Reit, Meistres Ann!'

Gadawsom y dyrfa anhrefnus o'n hôl yn chwarae dis a thawlbwrdd. Eraill yn canu'n ansoniarus,

> Ar frys daeth yno gryn gwmpeini, Esgweier Rum,
> A Mr Brandi, yr hen Syr Gophi . . .

Erbyn i ni gyrraedd gwaelod gallt y Llan lle'r oedd rhai o wŷr y dafarn yn sefyll, clywem sŵn canu emyn. Fe fu'n dda gen i erioed sŵn canu. Bydd yn rhoi tro yn fy ngwaed.

'Y Seiadwyr ar eu ffordd o Gymdeithasfa'r Bala!' meddai un.

'Ond mi gawsom ni well Asosiat, yn do?' llefodd un arall.

Ac meddai un a fu dros dro yn dilyn y Methodistied,

'I beth y gwaeddan nhw am Sancteiddhad drwy Ffydd? Mi fyddai'n well gen i dreulio Sul y Drindod yn yfed dŵr a siwgwr fel fy nheidie yn Nhafarn Llan!'

Dringodd Tim a minne hyd y ffordd ddolennog tua chartref a lleisie'r Seiadwyr yn risialaidd glir drwy'r awyr dene.

> Fe'm dwg i'r lleoedd da
> Lle trig y borfa nefol . . .

Ac felly yr aeth Tim a minne adref yn sŵn emyn Dafydd Jones o Gaeo. Ac yn ei sŵn fe anghofiaswn am y porthmyn yn y Llan.

Digon prin yr af i'r Llan fel hyn eto.

Aeth misoedd heibio ac ni chefais awydd i'th lenwi ers tro, yr Hen Lyfr Cownt. Blinais ar Catrin. Meddai hi neithiwr ddiwethaf,

'Tydw i ddim yn meddwl y do i efo chi i'r Blygien fory, Mistres bêch. Tasech chi'n cychwyn dipyn bêch yn ddiweddarach hwyrach yr awn. Welsoch chi 'siwn beth rioed, fel rydw i wedi newid ac yn dwndrian yn erbyn Eglwys y Ffeiriad ar ôl i mi ddechre mynd i Benllys at y Methodistied. Ie'n duwc mawr! Welwch chi mor g'lonnog yr ydw i, Mistres, yn gwrando arnyn nhw'n sôn am Edifeirwch a phethe felly. Tae rhywfaint o ysbryd yr hen Blygien yno'i, mi arhoswn ar fy nhraed trwy gydol y nos i wneud cyfleth, fel y bydd pobol y Ffeiriad yn gwneud.'

Ond er syllu ar Catrin ni welais un arwydd o'r tân nefol yn ei llygaid hi fel sy yn llygad John y Figyn. Ac felly euthum i'r Llan fy hun. Cystal oedd gennyf hynny. Pe cyrhaeddwn yn gynnar fe welwn y Curad. Beth sydd yna i godi calon ond hynny?

'Wel, 'merch i, ac fe ddaethoch i'r Llan. Diolch ynte am i'r Brenin Mawr roi yn eich calon chi i gerdded yr holl ffordd o Ddolwar tra mae'ch brawd yn cerdded i Benllys . . . Mae'r cnawd yn felys, Ann, ac fe roes y Duw Mawr o i ni i'w fwynhau . . . Dyna eiriau Caniad Solomon onid e? "Cynhaliwch fi â photelau, cysurwch fi ag afalau, canys claf ydwyf fi o gariad".'

Yn herwydd ei drwydded offeiriadol caiff y Curad estyn ei law felfedaidd hyd gnawd fy ngwddf. Onid ef a roes Lisbeth mewn gwlanen yn y Llan? Teimlais ei anadl yn wlyb ar fy wyneb. Sibrydodd yn fy nghlust,

'Dy wefusau sydd edau ysgarlad . . . dy ddwyfron . . .'

Agorodd drws yr Eglwys ar hynny a daeth Gwen

Tudor y gwlana i mewn. Troes y Curad fi o'r neilltu fel defnyn o lwch a marchogodd yn ei holl ogoniant sanctaidd i'w chyfarfod i gorff yr Eglwys.

'Sut ydech chi, Gwen Tudor,' meddai, 'ac fe roes Duw yn eich calon chithe i ddod i'r Plygain fel yng nghalon Ann Thomas, Dolwar.'

Cafodd ei lais mwynaidd yr un effaith cyfareddol ar Gwen y gwlana ag arnaf finne. Nid oeddwn i, Ann Thomas, yn neb arbennig i'r Curad. Gallai gyfarch Mali Mawddwy yn yr un goslef pe dewisiai, a sôn wrthi hithe am 'edau ysgarlad ei gwefusau'.

Ffei o'r fath ddyn! Rhagrithiwr yw Thomas Evans y Curad!

Ond rwyf mor unig fel bod pob gair anwes yn gysur. Yr wyf fel brwynen yn cadw'i gwreiddiau mewn tipyn o bridd i geisio byw. Ie, byw. Ond ni wn i beth.

Mawrth 1797

Bûm yn sâl ar adeg y Gwylie ac ni fûm yn y Llan er y Plygain. Esgeulusais sgwennu rhwng y cryd cymale a'r trymder ysbryd. Nid yw effeithie'r cryd wedi fy llwyr adael hyd yma. Mae Nhad yn sôn am i mi fynd i Lanfyllin at Siân i fwrw'r Pasg. Byddai hynny'n newid aer ac yn galondid. Pe cawn i wared o Catrin mi deimlwn yn well. Dyna anodd yw dweud wrthi am fynd. Mae ei theulu rŵan wedi symud o Lanbryn- mair i ymyl y Wern Fawr ym Mhontrobert. Mae'n syndod yr effaith a gaiff hi ar Edward ac mae hi'n gwneud esgus i ddianc i gyfeiriad y Wern Fawr yn barhaus. O Dduw, na ad iddo fynd i'w hafflau! Fe dybiai dyn mai hi yw'r feistres yma erbyn hyn efo'i 'Dein Giaton ni!' a'i 'Nhêd bech!'.

Trwy ryw ddirgel ffordd daeth i wybod am fy

nghysylltiad â Wil Llidiart Deryn, a phob nos wedi i'r dynion noswylio mae'n brysio i rannu ei chyfrinachau efo mi.

'Weles i rioed 'siwn beth â llais Wil Llidiart Deryn. Dene chi lond bol o gianu! Fe all e wneud llyged bêch ar y merched a chodi hireth yn 'u c'lonne nhw. Nhêd bêch! Pe gwelech chi o yn yr Interliwt yn y Llan! Chlywes i rioed 'siwn beth. Synnwn i ddim nad oes cariad ganddo! Ie, llond gwlad o gianu!'

Fel yna y bu Catrin yn fy mriwio ers misoedd hir ond choelia i ddim fod clywed sôn am Wil yn peri cymaint o boen i mi â chynt. Pam sgwn i?

Daw John y Figyn yma'n aml. Mae o'n paratoi i fod yn ysgolfeistr yn un o Ysgolion Mr Charles. Galwodd John Pendugwm yma neithiwr i weld John fy mrawd. Mae o'n sôn am fynd yn genhadwr. Mae'n siŵr bod rhywbeth ofnadwy yn ei yrru i wneud peth felly. Ac eto mae'n dda gen i'r ddau. Maen nhw mor union onest chadel y Curad. Mi geisiais innau fynd ar fy nglinie droeon. Mi ofynnais i Iesu Grist adael i Lisbeth fyw, ond wnaeth o ddim. Mi ofynnais iddo wedyn a wnâi o wella Mam, ond wnaeth o ddim. Trefn Rhagluniaeth meddai'r Curad, ond nid yw hynny'n fawr o gysur i mi. Hwyrach mai yno' i mae'r bai. Mae gen i awydd rhoi tro i Ddawns Llangynog . . .

Eto eleni mae'r gwanwyn yn llawn hiraeth rhwng brefiadau'r ŵyn a'r cywion gwyddau ar y cyll. Mae rhyw esgus o eira eto'n aros hyd ochre'r gwrychoedd. Bûm yn darllen o'r Ysgrythur Lân yn ddiweddar o ddiffyg dim arall i'w ddarllen. Ac eto cefais rywfaint o gysur ohono. Rwyf fel Jonah a gollodd gysgod y cicaion ac a ddywedodd, 'Gwell i mi farw na byw'.

Medrais fwrw golwg yn ôl dros fy mywyd. Mae fel dilyn y ffordd ddolennog o'r Llan i Ddolwar ac i'r

Llan yn ôl. Safodd y cerrig milltir yn eu hunfan. Tyfodd y cen dros rai ohonynt a'u gadael yn esmwyth. Safodd y lleill yn noeth eu pennau heb fwsoglyn yn y rhychau . . .

Ebrill 1797
Heddiw y deuthum i dŷ Siân i Lanfyllin. Golygaf fynd i'r Wylmabsant yfory. Cychwynnais yn llawn asbri ond mae Siân mor dymherus yn plesio ac yn pigo bob yn ail gan adael dyn i ogor-droi yn ei feddyliau. Mae popeth yma'n gymen. Mae yma bob moethusrwydd. Y llestri 'Willow Pattern' ar y dresel, y cloc wyth niwrnod o waith yr hen saer o Lanfihangel—anrheg briodas fy rhieni iddi; y rhes o sêr ceffylau o bres gloyw ar y mur yn y parlwr a thoreth ei gwaith brodio. Fedra i ddim deall pam y mynn hi gadw'r ddau gorn carw anferth yna uwchben drws y cyntedd. Maen nhw mor edrychus. A dyna'r llun yna wedyn o gŵn hela Syr Watkin. Does dim dianc rhag trymder y llofft yma ychwaith— y *four-poster* efo'i falans a'i lenni crychlyd.

Sgwn i a ydi Nhad a John wedi noswylio? Lle mae Catrin tybed? Y hi efo'r bronnau llwythog a'r geg nwydus! Na ato Duw i mi!

Pentyrrodd Siân ei chwestiynau arnaf heno. Prin y cefais gyfle i'w hateb. 'Sut mae Edward yn dod ymlaen ym Mhontrobert? Fu John yn yr Asosiat? (Mae Siân yn tueddu at y Methodistied.) Ydi Nhad wedi cefnu'n weddol ar y gaeaf? Wyt ti'n siŵr bod y cryd wedi d'adael? Mi orffennaist efo Wil Llidiart Deryn, felly? Mi glywais sôn amdano yng Ngwyl-mabsant Llanrhaeadr efo merch Siani Gwylnos. Ond tydi o ddim o dy sort di, Nansi . . . ond ty'd mi awn ni i hwylio am swper.'

Ac felly hi a gafodd y gair olaf. Collais f'awydd am yr Wylmabsant yn barod. Rwy'n ofni na chysga i ddim yn y gwely dieithr yma.

Ebrill 1797
Cysgais o flinder neithiwr, ac mae gwely Siân yn hynod o gyfforddus. Aethom ein dwy o gylch stondinau'r ffair y pnawn yma. Mae gan Siân lygaid da at ddefnyddiau. Rydw i'n falch i mi roi'r fonet biws a'r glôg alpaca i'w gwisgo oblegid y maent yn ei phlesio. Clywais hen Faledwr yn cyhoeddi y byddai 'Tri Chryfion Byd', Tomos Edwards yn yr Wylmabsant heno. 'Bydd Wil yno felly,' meddwn wrthyf fy hun, 'a dyna ddiwedd ar yr Wylmabsant i minnau!'

Penderfynais nad awn. Ond y mae rhyw drymder yn nhŷ Siân sy'n fwrn ar f'ysbryd ac yn gynnar fin nos euthum allan i'r Stryd Fawr. Nid oedd yn aros ond gweddillion y ffair. Aeth yn sgarmes rhwng dau gi am sborion y gwerthwyr pysgod. Clywais ddwndwr criw'r Anterliwt o fuarth un o'r tafarnau. Aeth fy chwilfrydedd yn drech na mi, a chefais fy hun yn unig rhwng y rhialtwch o grysau meinion a chadachau sidan y perfformwyr. Cefais gip ar ferch Siani Gwylnos yn nrws y dafarn a dihengais o ŵydd gwŷr y cotiau melfed a'u sanau wrstyd. Euthum i'r Stryd Fawr. Meddyliais am ddychwelyd i dŷ Siân. Wrth lidiart y dafarn gwelais Almanaciwr a phrynais ganddo. Mae baled yn yr Almanac i bac o wragedd a feddwodd ar De a Brandi. Caf flas ar ei darllen eto. Euthum wedyn heibio i stondin y cyffuriau. Sylwais ar grwpiau bychain gyda'i gilydd hwnt ac yma hyd y stryd fel pobl Penllys yng ngwisgoedd yr Asosiat.
'Ann Thomas! Ann Thomas!' gwaeddodd rhywun.

Ni wyddwn am neb a allai f'adnabod yn y lle hwnnw. Cydiodd rhywun yn fy mraich.

'Beth Hall!' meddwn.

Ni theimlais mor falch o weld neb erioed. Fe'm llethwyd gan lawenydd fel mai prin y medrwn siarad. Ond nid oedd ball ar ei chwestiynau hi,

'Sut ydech chi, Meistres Ann? Dydech chi ddim wedi priodi, mi wela. Ydi'r forwyn newydd yn eich plesio? Sut mae'ch tad a John Thomas? Aros efo'ch chwaer yn Siop y Gornel yr ydech chi mae'n debyg? I ble'r ydech chi'n mynd gan i mi fod mor hy â gofyn?'

'Roeddwn i wedi bwriadu mynd i'r Wylmabsant, ond . . .'

'Rydech chi'n llwyd, Meistres Ann. Ydi'ch iechyd chi'n weddol?'

'Na, mi gefais i cryd cymale, Beth Hall, am wythnose lawer, a rhywsut tydi'r forwyn newydd ddim cystal â'r hen.'

Teimlwn mor druenus nes torri fflodiart i'm dagrau.

'Dowch efo mi, Meistres Ann, i Gapel Pendref.'

'Na, Beth Hall . . .'

'Dowch, fe wna les i chi . . .'

'Ond beth ddwedai'r Ffeiriad?'

'Naw wfft i'r Ffeiriad! Bydd y Cyrdde yn debyg o godi'ch calon.'

'Ond does gen i ddim dillad i'r Cyrdde. Dillad Gwylmabsant ydi'r rhain.'

'Gore yn y byd! Mae'r Parch. Benjamin Jones y gore am gadw Cyrdde.'

Ac am na fynnwn golli Beth Hall wedi ei chyfarfod mor annisgwyl fe'i dilynais hyd y stryd a thrwy borth y capel. Fe'n gwthiwyd i sêt groes o dan anferth o biler mawr yn hanner wynebu'r pregethwr. Roedd hi mor gynfyng yno fel yr oeddwn yn sicr na fedrwn ostwng ar fy nglinie. Ond nid oedd neb yno yn ymostwng ar ei linie nac yn canu'r Sallwyr. Cil-edrychais ar y gynulleidfa anferth fel cath fach yn gweld y byd am y tro cyntaf. Beth pe cerddai John fy mrawd neu John y Figyn i mewn a'm cael yn y fan honno? Ie, fy nghael i a fu'n dilorni cymaint ar bobl y Cyrdde! Edrychai'r gynulleidfa yn llawer mwy aristocrataidd na Methodistied Penllys. Roedd yno ambell yswain a llawer o fasnachwyr. Sylwais ar ambell wraig mewn siôl daselog laes a bonet o sidan main. Meddai Beth Hall o dan ei hanadl,

'Mae pobl Syswallt yma. Pobl gefnog ydi Annibyn-wyr y Gorore. Masnachwyr y farchnad gan mwyaf.'

Nid oedd fawr yma o'r tân a glywswn yng nghanu'r Methodistied ar y ffordd o'r Bala. Ond wrth gofio clywais John y Figyn yn dweud bod rhyw Ddadl Fawr Arminaidd wedi gyrru'r llygedyn olaf o dân allan o'r Sentars! Fodd bynnag, gwresogodd y dyrfa yn raddol. Gweddïodd rhywun yn hir. Gweddïo o'r frest. Troes rhyw ŵr yn y sêt fawr ei gadwyn rhwng ei fysedd i gytgan gorfoleddus ei Amenau. Yn wir yr oedd hyn cystal â Gwylmabsant. Gwaeddent ar draws ei gilydd cyn hir—'Bendigedig yr Arglwydd!' a 'Diolch Iddo!' Hoffais newydd-deb y peth. Wedi hir ddisgwyl, esgynnodd y pregethwr i'w bulpud. Aeth yn syth at ei destun—'O lafur ei enaid y gwêl . . . am iddo dywallt ei enaid i farwolaeth'.

Pwysleisiodd bob gair yn ddeallus bwyllog. Mor wahanol oedd i fursendod Seisnig yr Hen Ffeiriad. Meddyliais am bwt pregeth y Curad nad oedd ond aralleiriad o'r Ysgrythur Lân. Ond am hwn fe dybiech ei fod yn siarad â chi yn bersonol. Tybiais am foment y byddai'n fy nghyfarch fel Ann Thomas, gan mor ddwys yr edrychodd i'r sêt groes yr eisteddwn ynddi. Ond y foment nesaf roedd ei lygaid treiddgar, tawel wedi gwibio ar draws yr adeilad a rhywun arall o dan ei gyfaredd. Amlinellodd ddioddefiadau'r Gwas Dioddefus. Hwn oedd y Crist, meddai. Dilynodd ei hynt o Galilea hyd Gaersalem. Ni chlywswn ddim fel hyn o'r blaen. Rhan o'r Drefn Ddwyfol oedd iddo gymryd natur dyn a dioddef y Groes. Ei aberth a grym ei Eiriolaeth a fedrodd achub pechadur. Tybed, mewn difrif, a wyddai Iesu Grist am fy nghroesau bach i? A glywsai fy llefain gefn nos? A dosturiai wrth wendid fy nghnawd? A wyddai am y ddeuoliaeth oriog, dymherus ynof? Tystiai'r pregethwr fy mod innau'n rhan o gymdeithas fawr a alwai ef yn Gymdeithas y Dioddefiadau. Roedd dioddefiadau'r Groes, meddai, yn gyforiog o gyferbyniadau.

'O garchar ac o farn y cymerwyd Ef,' meddai. 'Eto i gyd carcharwyd y Carcharor ei hun a chofrestrodd y Ddeddf Ef ymhlith y troseddwyr. Ond yr oedd y Ddeddf yn anrhydeddus a honno a'i rhyddhaodd.'

Rhoes y Pasg awdur bywyd mewn bedd gwag ond trwy rym yr Atgyfodiad pontiwyd y gwahanfur rhyngddo a byd o bechaduriaid a dwyn heddwch tragwyddol i'w saint. Esgynnodd y pregethwr i ryw orfoledd mawr cyn y diwedd.

'Cyhoeddwch ar bennau'r tai, 'mhobol i, ac mewn ffair a gwylmabsant am yr Iesu Byw. Hwn yw ein Hiesu ni!'

Canodd y gynulleidfa i orffen gyda gwres tanllyd nes malurio'r ffenestri di-liw a'r sêt fawr ddi-allor, yn ddarnau wrth fy nhraed.

Oddi allan i'r Capel daeth gwraig daselog ei siôl i gyfarch Beth Hall.

'Pregeth fach neis, ynte?' meddai. Safai llefnyn o

hogyn main o'r tu ôl iddi. Roedd rhywbeth o sêl y Diwygwyr o'i gwmpas.

'Pregeth fach neis ddwedsoch chi, wraig? Peidiwch â beio Thomas Charles yn ormodol os bydd iddo roi hoelen yn arch yr Hen Ymneilltuaeth.'

Cymerodd y wraig ei hanadl ati.

'Well . . . the affrontery of the lad . . . Beth Hall! Ond pobl bach isel yw'r Methodistied.'

Ffarwelais â Beth Hall ar hynny. Synnodd Siân fy ngweld yn cyrraedd mor gynnar o'r Wylmabsant.

'Mi ddoist yn ôl yn gynnar, Nansi. Sut hwyl oedd yn yr Wylmabsant?'

'O gwych, Siân. Dyna'r ore y bûm ynddi erioed!'

'Rwyt ti'n edrych yn well yn barod, Nansi. Rhaid iti ddod yma yn fuan eto ac mi awn ni i Syswallt i'r farchnad y tro nesaf y doi di.'

Heno mae fy meddwl yn fwy cynhyrfus ond mae'r galon beth yn dawelach. Ychydig a ŵyr Siân imi fod yng Nghapel Pendref a bod yn fy meddwl i gael lle fel gwniadwraig yn y Llan yma fel y medraf fynychu capel yr Annibynwyr eto!

Wedi'r Pasg, Ebrill 1797

Dyma fi'n ôl yn Nolwar. Oni bai am Catrin fe gawn flas ar fyw unwaith eto. Mae ei ffalster fel gwenwyn. Cyrhaeddais yn chwyslyd, flinedig o'r Llan.

'Dein giaton ni! Rydych chi'n ôl ar ein gwartha ni eto, Mistres bêch! Roeddwn i'n meddwl yr arhosech chi dros Difie. Fu'r un ened o ddyn yn Nolwar er pan ethoch chi ar wahân i John Hughes y Figyn ac Edward ych brawd. 'Neno'r argen dêd! Welis i rioed siwn beth â'm llyged, naddo rioed â John y Figyn! Mae'i wallt o goched â chrib ceiliog a brychni haul ar ei wyneb e, a phob tro y bydd e'n siarad ma' glafoerion yn gneud eitha reiot ar ei ên. Ac mae ganddo fo grawc fel cigfran. Roedd e'n holi amdanoch chi, Meistres. Siawns nad oes gennoch chi mo'ch llyged arno fo. Diar annwyl! Mi fydde'n well i chi Wil Llidiart Deryn, er mor anwaredd ydi hwnnw efo geneth Siani Gwylnos . . . Ond mi a' i, Mistres bêch, i godi tipyn o hufen o'r gunog i chi . . . Dowch oddna, peidiwch ag ymdroi i chi g'al pryd.'

Aeth Catrin i'r briws ar hynny. Ni theimlais mor ddig at neb erioed ag ati hi y pnawn yma. Rhoeswn y byd am allu amddiffyn John y Figyn, ond byddai'r gair lleiaf yn ei ffafr yn arf beryglus yn nwylo Catrin. Pa mor aflêr bynnag ydi John, mi fedr roi urddas ar ei bersonoliaeth wrth sôn am bethau fel 'Dyfnderoedd Iachawdwriaeth' a 'Dwyfoldeb Person Crist'! Wrth fod yn ei gwmni mae dyn yn mynnu siarad iaith y Methodistied, er na wn i yn y byd beth a olyga.

Pan ddychwelodd Catrin o'r briws meddai,

''Mrowch ati. Rydech chi eisiau bwyd yn siŵr o fod. Mae yma lond gwlêd o fwyd.' Ac estynnodd y cosyn caws a'r selen menyn.

Eisteddodd wedyn ar y setl yng nghysgod y swmer. Roedd ei chorff yn bentwr blêr nwydus. Disgynnai ei bronnau'n drymion yn union fel patrwm beichiog y blodau ar ymylwe'r cwpwrdd deuddarn. A dyna'r tro chwantus yna wedyn yng nghanol ei gwefus drwchus.

'Ac i feddwl bod John y Figyn,' meddai wedyn, 'yn sôn wrthyf am gyflwr f'ened a Nhêd wedi bod yn ysgol Gruffydd Jones, Llanddowror. Ych a fi! Welsoch chi'r fath ddyn sanctedd! Gallech feddwl mai e ydi Ciwred Iesu Grist . . . O, ie, Meistres, fe fu Edward ych brawd yma. Duwc annwyl dêd! Mae e'n faddeugar er cimin a blagies i arno. Roedd 'nhafod i

29

bron â mynd yn sych golsyn wrth 'i blagio. Mae ynte
hefyd wedi ca'l Diwygied ac yn mynd i'r Seiad i
Benllys efo John Thomas. Rhaid i chi a minne fynd
yno hefyd, Mistres bêch, ne' mewn tân a brwmstan y
byddwn ni . . . Trugaredd bêch.'

Yfory caf ddweud wrthyn nhw fy mod am waith
gwniadwraig yn Llanfyllin. Wn i ddim beth fydd
adwaith Nhad.

Diwedd Ebrill 1797
Tynnais nyth cacwn yn fy mhen heddiw pan soniais
am fynd yn wniadwraig i Lanfyllin. Methais â chael
plwc i sôn am y peth hyd heddiw. A rywsut nid wyf
innau mor awyddus â chynt. Cefais flas ar fod gartre
unwaith eto. Fu erioed y fath ddwndrian ymysg y
dynion, ac fe'u plagiais o ymyrraeth. Soniais i air i mi
fod yn y Cyrdde.

'Fe gei lanhau'r llorie am flwyddyn, Nansi,' meddai
Nhad, 'cyn y cei di fynd yn wniadwraig i Lanfyllin.'

Galwodd Edward heibio fin nos o Bontrobert.

'Nansi ni yn pwytho! Fedre hi ddim pwytho mwy
nag iâr yn ysgol y Ffeiriad efo Cet Prince erstalwm!'

Galwodd John y Figyn hefyd. Mae o'n galw'n aml,
aml rŵan. Mae o'n astudio i fod yn athro yn un o
ysgolion Mr Charles. Dyna braf yw hi arno. Bu ef a
John fy mrawd yn siarad am hydoedd am Athroniaeth
Locke. Maen nhw'n meddwl nad oes gen i ddim
diddordeb.

'Mae digon ym mhen Nansi, ond ei fod o'n gweithio
i'w thafod yn hytrach nag i'w chalon!' meddai John
fy mrawd.

Cyn gynted ag y cyrhaeddodd y Figyn heddiw,
meddai John wrtho,

'Oes gen ti sôn am forwyn newydd gawn ni, y

Figyn? Mae Nansi yma am fynd yn wniadwraig i Lanfyllin.'

Rhythodd y Figyn arnaf mewn syndod.

'O, mi feder Nansi bwytho, felly,' meddai'n gellweirus, gan daflu cil llygad ar John ni.

'Mi fedret ti wneud efo ambell bwyth dy hunan, y Figyn,' meddwn. Mae o mor aflêr ei drwsiad.

'Wel,' meddai'r Figyn rhwng difrif a chwarae, 'mae yna ferch o Landrinio. Rwth Evans wrth ei henw. Fe wyddost ti amdani, John. Mae hi'n chwaer i Beti Evans o Seiad Penllys. Mi glywais ei bod hi yn chwilio am le ym mhlwy Llanfihangel. Merch fach dlos, grefyddol, ynte, John,' ychwanegodd. Gwridodd John fy mrawd at fôn ei wallt. Cododd ac aeth allan i'r buarth.

Wedi cael ei gefn dwedais wrth y Figyn,

'Da chi, peidiwch â halogi'r lle yma yn waeth efo'r Methodistied!' Ond er hynny daeth syniad newydd i'm pen. Efallai y gallwn wneud defnydd o awgrym y Figyn.

Dechreuais gellwair â John y Figyn ar hynny. Wedi pendroni peth meddwn,

'Poen y Llan yw gwŷr Pen Llys!'

Yna tawelwch. Ysbaid arall ac meddai'r Figyn yn ôl,

'Gorau ffair yw gwŷr y Ffeiried!'

Roedd gennyf gwpled yn barod iddo a threwais ef ar ei ben.

''E fagwyd yn y Figyn,
  Waetha Duw o dylwyth dyn.'

Chwarddodd John yn braf, ac meddai heb oeri ei dafod,

'O! bwythwraig, wyd benboethyn.'

31

Aethai'r awen yn drech na ni a bu ysbaid o dawelwch.

'Ond dwed i mi,' meddai'r Figyn toc, 'beth ddaeth yn dy feddwl di i droi'n wniadwraig?'

'Eisie rhedeg i ffwrdd rhag strancie'r Diafol sydd gen i.'

'Rwyt ti'n cuddio rhywbeth i fyny dy lawes, Ann.'

A phan fydd y Figyn yn fy ngalw yn Ann, byddaf yn gwybod wedyn ei fod yn difrifoli.

'Ydw,' meddwn, 'rydw i'n cuddio Athroniaeth Locke a llyfr Simon Thomas ar Arminiaeth a Phelagiaeth. Maen nhw'n goblyn o drwm ac yn syndod o sych.'

Trodd John ei dafod yng nghornel ei foch fel pe bai heb ddim i'w ddweud. Ac meddai yn y man,

'Mae gen ti ddigon o athrylith i fod yn athrawes yn un o Ysgolion Mr Charles, Nansi.'

Hwn oedd fy nghyfle.

'Pe bawn innau'n gwybod rhywbeth am Undod Person Crist ac am Brofiadau'r Ysbryd Glân,' meddwn, 'efallai y byddai siawns i minnau.'

Gwyliodd yntau ei gamre'n ofalus.

'Rwyt ti bron â bod yn siarad iaith y Tadau Methodistaidd, Ann. O gymryd popeth i ystyriaeth rwyt ti'n llai gwatwarus na chynt.'

Ond nid oeddwn ar un cyfrif am iddo wybod i mi fod yn y Cyrdde adeg y Pasg.

'John,' meddwn yn y man, 'fe'th glywais gynne yn sôn am athrawiaeth y Cymod efo John ni. Beth ydi ystyr peth felly?'

Ni ddangosodd unrhyw arwydd o syndod ond ymgripiodd rhyw gymaint o loywder i harddu hagrwch ei wyneb. Crafodd ei wddf fel y gwna yn Seiad Penllys ac esboniodd yn dawel,

'Mi fyddwn ni yn yr Asosiat, Ann, yn sôn am

Athrawiaeth y Cymod fel rhywbeth sy'n medru codi dyn o "wagle colledigaeth". Ar y naill law y mae pechod dyn, ac ar y llall sancteiddrwydd Duw. Fe'u cymodir o dan reolau'r Ddeddf ym mhabell y Cyfarfod. Yno mae'r Duwdod yn eistedd a theyrn-wialen aur yn ei law . . . y Groes a wnaeth y Cymod yn bosibl.'

Rhyfeddais at huodledd John. Ni chafodd ef Goleg Caer-grawnt fel y Ffeiriad. Mae rhyw ddealltwriaeth gyfrin rhwng John y Figyn a minnau. Mae bywyd yn ddiddorol unwaith eto a rhyw gynhesrwydd yn y galon.

Mai 1797

Mae gwaith llafur yr aredig drosodd a chafodd y dynion ysbaid i gario gwrtaith o'r buarth. Rwy'n stiff fy nghymale. Gwaith caled ar y gorau yw golchi plancedi. Yfory bydd yn rhaid ymroi ati i chwalu a glanhau'r plu o'r dicyn. Galwodd John y Figyn wedi cinio efo llyfr Samuel Owen y Wig. *Y Wisg Wen Ddisglaer*, gan Timothy Thomas ydyw. Mae am i mi ei ddarllen. Mae'r tri John erbyn hyn wedi peidio â chymuno yn y Llan ac yn derbyn y Cymun o ddwylo Mr Charles yn y Bala ar Sul-pen-mis. Dyma'r peth gonestaf a wnaethant er pan aethant i Benllys. Briw i'm calon oedd eu gweld yn grwpiau wyneplaes yn y fynwent yn loetran nes bod gwasanaeth y Curad drosodd, ac yna cerdded yn ddigon beiddgar at yr allor i gyfrannu o'r Cymun Bendigaid. Cytunaf â Harri Parri, Craig y Gath, mai sarhad ar Hen Eglwys Loeger oedd hynny. Ni chefais hamdden er adeg y Cyrdde i feddwl am Thomas Evans y Curad. Cystal hynny efallai.

Heno eto yn ôl arfer blynyddoedd bu Nhad yn

darllen o'r Llyfr Gweddi. Minnau'n syllu ar fflagiau oer y gegin yn cofio fel y byddwn i erstalwm yn gwrando arno ac yn symud fy ngwefusau'n gyffrous.

'O, Dduw, paid â gadael i Black Tim gario ychwaneg o bennog coch o Siop Llan rhag imi gael y crach ar fy wyneb fel plant Dolanog a'i grafu nes ei fod yn gwaedu . . . O, Dduw, paid â gadael i Mam fy ngyrru at y Methodistied rhag i mi farw o'r frech wen a chodi gwrychyn y Ffeiriad.' Eto i gyd ni fedraf lai na chenfigennu at grefydd syml Nhad a Mam. Porth y Nef iddynt hwy oedd y Llan yn ei Phlygain a'i Gosber. Ni phryderent ormod am fyd arall. Rwyf innau'n hongian mewn gwagle yn hanner fferru yn oerni'r Llyfr Gweddi Cyffredin ac yn anniddigo yng ngwres fflam crefydd John y Figyn . . .

Mehefin 1797
Bu heddiw'n ddiwrnod bendigedig. Cefais flas ar fyw unwaith eto. Galwodd John y Figyn ar ei ffordd i Gymdeithasfa'r Bala.

Fe'm daliwyd innau gan gyfaredd bwtsias-y-gog sy'n prysur ymadael, a daeth chwys-mair a'r feidiog las i gymryd eu lle. Dof yn fwy argyhoeddedig yn feunyddiol o drefn amser ac o le dyn mewn amser. Medrais ddal ar y cyfaredd a'i gadw. I goroni'r diwrnod galwodd Grace Roberts yr Almanaciwr. Mae hi wedi torri. Cofiais fel y bu i mi ac Edward ei chwrdd yn y Llan erstalwm ac i Edward feddwl mai gwraig Hen Ddyn y Cŵn o ochrau Arennig oedd hi. Ac meddai hi yr adeg honno,

'Wyddoch chi, Ann Thomas, mae yna athrylith yn y talcen uchel yna . . . Ydech chi'n parhau i rigyma?'

'Fe sgwennodd Nansi englyn i hen ddyn o Felindwr

oedd wedi dechrau codi tŷ a heb arian i dalu amdano,' meddai Edward yn frwdfrydig.

'A beth ddigwyddodd iddo, 'machgen i?' gofynnodd Grace Roberts.

'Fe dalodd Nhad.'

'Mi wela i. Gadewch i mi glywed yr englyn, Ann.'

Fedrwn i ddim gwrthod Grace Roberts er mai cas beth gennyf yw gorfod adrodd fy ngwaith i ddieithriaid.

'Mae cymaint o Nhad ag ohona i yn yr englyn, Grace Roberts,' meddwn. Prin y cefais ddweud gair nad oedd Edward yn adrodd yr englyn yn fy lle.

Os gwan ac egwan yw'r gŵr—heb feddu
    Fawr foddion o gryfdwr;
  Gwnewch adeilad sad yn siŵr,
  I dda deulu—rhowch Dduw'n dalwr.

Heddiw pan welais Grace Roberts yn y drws sylwais ar y rhychau yn ei hwyneb a'r hen freuddwydion a fu farw yn llwydni ei llygaid. Cafodd groeso tywysogaidd gan Nhad. Cymerais y pentwr almanaciau o'i llaw a'u gosod ar y dreser.

'Gwna damed i Grace Roberts,' meddai Nhad.

'Mi ges fetheglyn gan hen wraig yn y Llan,' meddai hithau, 'ond pryd y bwyteais i, wn i ddim.'

Wrth baratoi pryd, meddyliais beth a ddwedai Mam wrthym am roi croeso i un o gymdeithion Lisa Gowper. Ond roedd fy nhad wrth ben ei ddigon.

'Mae amser wedi newid, Grace Roberts,' meddai. 'Does neb o'r byddigions yn noddi beirdd fel ag y bydden nhw. Dirywio mae cynnwys yr Almanacie hefyd. Tomos Edwards ydi'r unig un sy'n dangos rhithyn o athrylith.'

'Rydech chi'n difetha 'nhrâd i wrth siarad fel yna am yr Almanaciau, Siôn Ifan Thomas,' meddai hithau. 'Ond rhyngoch chi a finna, tydi petha ddim fel yr oeddan nhw. Mae'r Rhyfel efo Mericia a'r sôn am Ryfel efo Ffrainc wedi difrifoli pobl a'u troi nhw at y Methodistied. A dene Glan y Gors wedyn yn dwndrian am "freiniau dyn". Byd rhyfedd ydi o, Siôn Ifan Thomas, pan fo pawb yn galw am ryddid mewn byd ac eglwys.'

Edrychodd Nhad yn fyfyrgar.

'Tydw i ddim mor sicr nad oes rhyw wirioneddau mawr yng ngogwydd yr oes newydd, Grace Roberts. Yr anhawster ydi cadw'r cydbwysedd rhwng rhyddid y byd newydd a cheidwadaeth yr hen.'

O'r diwedd roedd yr ymborth yn barod.

'Dydech chi ddim yn un o gorlan y Methodistied, debyg gen i, Grace Roberts?' gofynnodd Nhad.

'Mae'r ffordd fawr yn rhy eang i'r Methodistied,' meddai hithau. Ei hunig sylw pellach oedd y byddai 'i'r dyn Thomas Charles yna ladd mân Eisteddfodau'r Gogledd'.

Ni allwn lai na sylwi ar ei boneddigeiddrwydd. Gwelsai ar ei throeon-crwydrol beth o fawredd Wynnstay, Rhug a Rhiwaedog.

Ychwanegodd Grace Roberts yn y man,

'Ydi, mae'r hen fyd wedi newid, Siôn Ifan Thomas, pobl fel Owain Myfyr efo arian yn ei boced a heb fawr o athrylith sy'n ceisio cynnal diwylliant rŵan. Fel arall yr oedd hi. Pobl dlodion oedd yr hen faledwyr, efo gormod o athrylith . . . Mi welais fachlud yr haf efo aur yn y gynffon ac roedd o'n ogoneddus. Mi welais fachlud y gaea hefyd. Ond doedd hwnnw yn ddim i'r llall. Roedd o'n wan i'w ryfeddu fel y gwelsoch chi lefrith wedi glasu. Byw ar wehilion yr hen oes yr ydech chi a finnau, Siôn Ifan Thomas.' Ar hynny edrychodd arnaf fi, ac meddai,

'Mae gan Ann yma ddigon o athrylith i bontio rhwng yr hen oes a'r newydd.'

Cyn ymadael gwerthodd un o'i photeli cyffur gwynt ar y stumog.

'Dogn o hwn, Siôn Ifan Thomas, a byddwch byw cyhyd â Siôn Dafydd Berson o Bentrefoelas.'

Cerddodd at lidiart y buarth,

'Mi a' i, ar fy ffordd. Canmil diolch am groeso Dolwar. Mi gysga i ym môn y clawdd yn rhywle. Rydw i'n rhy hen rŵan i godi blys na chrwydryn na gyrwyr gwartheg! Bendith arnoch chi, 'mhlant i!'

Ie, diwrnod bendigedig oedd hwn.

Hydref 1797
Mae'r ddau gynhaeaf drosodd. Ni bu hamdden i ysgrifennu. Galwodd Edward yma heno o'r Wernfawr. Rwy'n synio nad yw'n cymryd cymaint o sylw o Catrin ag y bu. Mae o wedi 'codlo' ei ben efo'r sôn am Amaethyddiaeth Newydd.

'Rydech chi'n llawer rhy henffasiwn,' meddai wrth Nhad. 'Fe ddylech chi ddilyn dulliau Townsend a Robert Bakewell yn Lloeger er mwyn chwyddo gwerth y tir. Pe plannech chi ŷd ar yn ail â maip a chlofer fe gaech eitha crop.'

Ond mae dulliau newyddion Edward yn llawer rhy eithafol i ffermio traddodiadol Nhad.

'Rydech chi'n llegindio defed,' meddai Edward wedyn, 'ar ryw borfa wael ar y mynydd, a hynny er mwyn cael tipyn o wlân i'w yrru i 'Mwythig. Pe baech yn dilyn syniadau Bakewell, a chroesi'r anifeiliaid, fe gaech well brid i gynhyrchu cig da.'

Cynddeiriogodd Nhad. Ni fynn ef wrando ar y

dulliau newyddion. Mae Catrin mewn hwyliau da·
am i Edward alw. Mae pawb ar noswylio a thawelwch
esmwyth yn gorwedd dros y tŷ a'r adeiladau—y Côr
a'r Daflod a'r Gowlas.

Mae yma heno ryw dangnefedd na theimlais
mohono ers llawer dydd. Y math hwnnw o dangnefedd
a welaf pan fydd bryniau Maldwyn yn lapio i'w
gilydd hyd na welir terfyn rhyngddynt.

Tachwedd 1797

Cefais newydd da heddiw. Mae John y Figyn wedi
gofyn a gaiff ddod i aros yma tra bydd yn dysgu yn
Ysgol Mr Charles. Mae Nhad yn dwndrian i mi
esgeuluso'r Llan yn ddiweddar.

'Pe baet ti'n ymdroi mor ffyrnig ag y byddet ti efo'r
Wylmabsant neu'r Twmpath Chwarae efallai y
medrwn i dy alw di'n bechadur, ond, Nansi, dwyt ti y
naill na'r llall.'

Heno aeth Catrin i Benllys. Daeth i lawr o'r llofft
yn ei bodis tynn a amlygai ei bronnau. Roedd ei sgert
gwmpasog a'i chêp alpaca yn ddengar a'i bonet yn
gydwedd. Gwelais oleuni llachar yn ei llygaid.

'Ydech chi ddim am ddod i Seiad Penllys,
Meistres?'

Prin y codais fy mhen i edrych arni.

'Mae John y Figyn yn dweud,' meddai wedyn,
'bod lle yno i'r paganied duaf. Mi fydd yno le
dê odieth, ond nid cystal ag efo Methodistied
Llanbryn-mair, mi wranta! Dein giaton ni! Mi fydd
yno le dê!'

Ond gwn mai ei chnawd a'i dug hi i Benllys heno.
Pan ddaw hi'n ôl y rhawg, nid goleuni'r Efenygl a

fydd yn disgleirio yn ei llygaid uwch ben ymchwydd ei bronnau dan ei bodis tynn.

Rhagfyr 1797
Codais ymhell cyn i'r wawr dorri heddiw i fynd i Wasanaeth y Plygain. Tybiais fod yr hin yn gynnes i'r Ŵyl, mor gynnes â'r baban bach a enir drachefn a thrachefn ym Methlehem. Siep y ci oedd yr unig un ar ddi-hun ar wahân i John fy mrawd a oedd yn paratoi am Nadolig Penllys. Ni welais yr un enaid byw yr holl ffordd i Lanfihangel ond roedd rhyw hyfrydwch melys yn yr unigedd. Winciai sêr y bore fel angylion yn y ffurfafen draw dros wastadeddau 'Mwythig, Aran Fawddwy a Moel Pentyrch. Fel y nesáwn at y Llan clywn leisiau'r Carolwyr,

> Onid trugarog oedd ein Tad
> Rhoi Fab Rhad i'n prynu;
> Hwn a ga'd o nerth y Gair
> A galwodd Mair yn Iesu.

Dringais i fyny'r allt tua'r Eglwys. Ymgrymai'r coed yw fel rhes o fugeiliaid i symlrwydd y garol. Sefais wrth y porth. Roedd llawr yr Eglwys yn llawn o garolwyr o'r gwahanol blwyfi. Ymwthiais i lofft y grog. Disgleiriai canhwyllau'r carolwyr eu llewyrch gwan ar y muriau. Cydiais yn dynn yng nghanllaw llofft y grog.

Canodd dau fab y Parc Du a'r brodyr o Fynydd Dowlan ar 'Billericay'. Paratôdd triawd Pen-'rallt i oleuo eu canhwyllau a symudasant i'r ael a tharo Carol Plygain Thomas Williams, Pontyscadarn. Fe'u dilynwyd gan barti Carolwyr Pontrobert. Treiddiodd

llais mwynaidd y tenor i Garol Plygain Dafydd
Cadwalad. Fe'm daliwyd gan ei gyfaredd.

> Oed Iesu sydd yn un tri saith
> A phymtheg waith o wythau
> Dau gant a hanner, cyfri maith . . .

Sefais mewn syfrdan yng nghlwm wrth y canllaw.
Rhwng goleuni'r canhwyllau a'r platiau arch ar y
mur gwelwn ffurf pen a thalcen Wil Llidiart Deryn.
Medrais syllu arno yn y gwyll heb deimlo braw a
daeth gorfoledd y Nadolig i lanw fy nghalon, i'w
hymylon. Roedd concwest yn fy ngwaed a
dyrchafwyd fi hyd at ffiniau tragwyddoldeb . . . Ond
eisoes roedd y Plygain yn dirwyn i ben a'r Clochydd
yn canu,

> Mae heddiw'n ddydd cymod, a'r swper yn barod,
> A'r bwrdd wedi ei osod. O! brysiwn!

Arhosais nes i'r Eglwys wacáu ac i'r Carolwyr droi
am Dafarn y Llan. Heddiw fe fynnwn air â'r Curad
parthed stad fy enaid. Cerddais tua chefn yr Eglwys
lle byddai'r Curad yn diosg ei ŵn offeiriadol ar
derfyn y gwasanaeth. Draw tua Syswallt roedd
gwawr binc wannaidd ar yr awyr a brigau noeth y
coed fel lasie sidan, du.
'A . . . ha . . . Ann Thomas,' meddai Thomas Evans,
gyda'i felfedrwydd arferol. 'Dyma wawr odidog,
onid e, i groesawu'r Baban Iesu . . . Pwy yw hon sydd
yn dyfod i fyny o'r anialwch megis colofnau mwg,
wedi ei pherarogli â myrr ac â thus, ac â phob powdr
yr apothecari?'
Ond nid oedd fy mryd ar Ganiad Solomon.

'Thomas Evans,' meddwn. 'Wrth wrando yn y Plygain ar Garol Thomas Williams mi feddyliais am waed Iesu Grist yn iacháu'r briwedig. Ydech chi ddim yn meddwl ei bod hi'n Feddyginiaeth ryfeddol, Thomas Evans?' Crychodd ei aeliau'n chwareus.

'Cof gen i, i John Thomas eich brawd ddod ata i unwaith i sôn am gyflwr ei enaid a phethau pruddaidd felly. Darllenasai lyfr Baxter ar Orffwysfa'r Saint. Ond Ann fach, rydw i'n hyderu nad yw gwythiennau gwagedd wedi llwyr ymadael o'ch dwylo. Os gwn i rywbeth am y cnawd gosgeiddig hwn, mae mor gynnes ag erioed.' Tynnodd ei fysedd cnawdol hyd fy ngwddf.

'Fe awn ni'n ara bach, Ann, tua chefn y Ficerdy. Fydd neb yn y stydi mor gynnar â hyn ar y dydd . . . Sôn yr oeddwn i onid e am y wawr wedi ei pherarogli â myrr . . . Beth yw d'anwylyd rhagor anwylyd arall, y decaf o'r gwragedd? Rydych chi'n deall iaith barddoniaeth, Ann?'

'Thomas Evans,' meddwn. 'Rydych yn halogi Gair Duw. Gofynnais i chwi fy ngoleuo ar gwestiwn y gwaed yn prynu pechadur, ond ni chefais gennych ond gair segur ac ysgafnder ysbryd. Mae'ch meddwl mewn "Puteindra Ysbrydol".'

Synnais ataf fy hun. Roedd darllen llyfrau athronyddol John y Figyn wedi dechrau dylanwadu arnaf!

Ysgydwais fy hunan yn rhydd oddi wrth y Curad. Roeddwn yn berwi gan ddicter santaidd. Chwardd-odd y Curad yn iach,

'Wel . . . wel . . . wel . . . dirwest ar chwantau'r cnawd, aie? Y mae i ni chwaer fechan, ac nid oes fronnau iddi. Wel . . . wel . . . wel.'

Rhedais bob cam i Ddolwar a thybiais fod clychau Bethlehem yn llenwi'r awyr.

Mae'r hen flwyddyn yn prysur ddirwyn i ben a bydd yn dda gen i gael ei lle hi. Caiff gymryd ei charthion i'w chanlyn!

Chwefror 1798

Mae John y Figyn yn aros yn Nolwar ac yn dysgu yn Ysgol Mr Charles. Heno bu'n sôn wrthyf am gyfriniaeth. Nid yw athrawiaeth Calfin yn cyd-fynd â chyfriniaeth, meddai John, am fod cyfriniaeth yn cydnabod bodolaeth Duw yn nyfnder enaid dyn. Mae o byth a hefyd yn sôn am yr Ysbryd Glân fel tae o'n Berson ar wahân. Fe ysgrifennodd emyn ar yr Ysbryd Glân. Mae o wedi sgwennu llu o emynau, ond tydw i ddim yn meddwl bod John yn fardd mawr. Fydda i ddim yn teimlo angerdd yn ei ganu o. Mae o'n well athronydd nag ydi o o fardd.

Mawrth 1798

Mae bywyd yn llawn. Catrin yw'r unig gwmwl bach ar y gorwel, ond medraf ddygymod yn burion â hi wedi cael cwmni John y Figyn. Galwodd Edward. Dylasai fod wedi dilyn Glan y Gors bob cam i Lundain, neu fod wedi ymuno yn y gwrthryfel yn Ffrainc. Sôn am ryddid y mae o'n barhaus. Mae o mor wyllt i'w ganlyn, a byddaf yn ofni weithiau yr â i ddwylo gwŷr y Gyfraith.

'Beth sydd o'i le mewn cau tipyn o dir mynydd? Fe gaem fwy o wenith yn lle rhyg yn barhaus,' meddai wrth Nhad. Cynddeiriogodd Nhad,

'Ac ymhle y caiff y tlodion bori'u hanifeiliaid? Ymhle y cân' nhw fwsoglu, a hel pabwyr a gwlana wedi i ti a'th siort gau'r tir mynydd? Aros di, 'machgen i, hyd nes y byddi di yn Oruchwyliwr y Tlodion ym mhlwyf Llanfihangel!'

Ac felly ni fynn y ddau symud cam. Ac meddai Catrin,

'Dein giaton ni! Rhaid i mi rybuddio'r sgwatwyr rhag Edward Thomas.'

John y Figyn heno yn sôn wrthyf am ddirgelwch y Duwdod.

Ebrill 1798

Bûm yn Syswallt efo Siân unwaith eto. Cychwyn o Lanfyllin yn y bore bach. Roedd yno dwr o bobl ar gornel y Stryd Fawr yn aros am y Goets. Rhedai dau fachgen direidus yn ôl a blaen hyd rigolau blêr y ffordd.

'Fuost ti yn y Goets Fawr o'r blaen?'

'Naddo.'

'Dyna i ti le am y Goets Fawr ydi'r Holi Hed.'

'Ple mae fanno?'

'Dros y Berwyn yn rhywle.'

'Welaist ti'r Welsh Walls yn Syswallt?'

'Naddo.'

'Welaist ti Ben y Beili?'

'Naddo.'

'Wel, fe alwn ni yn y Coach and Horses i ddechre i ti gael gweld y 'ffyle yn y stable, ac wedyn mi awn drwy strydoedd Syswallt i ti gael clywed pobl yn siarad Saesneg.'

Rhiglodd olwynion y Goets Fawr tuag atom; ei lampau fel llygaid anghenfil mawr ar wyneb y tywyllwch. Chwip y gyrrwr. Hwnt ac yma hyd y ffordd deuem ar draws gyrroedd gwartheg. Brefiadau'r da a hiraethai am borfa gynefin. Bloedd 'Hap trw ho' y porthmyn. Draw tua gwastadedd

'Mwythig daeth llinell gannaid i'r ffurfafen. Hon oedd Gwlad yr Addewid, a Hafren yn Iorddonen rhyngom. Erbyn cyrraedd Llynclys roedd y ffordd yn ferw frith gan y gyrroedd, a'r daith o'r herwydd yn arafach. O'r diwedd cyraeddasom y Coach and Horses.

'Dyma ni yn Syswallt, Nansi,' meddai Siân. 'Rhaid i mi wneud y gore o'r ychydig amser sydd gennym. Rwyt ti'n ddigon llwyd dy wala. Mi awn ni am lymed i'n cynhesu . . . Mi welwn beth wmbreth o bobl heddiw. Fe synnet gymaint fydd yn galw yn Siop y Gornel acw o bryd i'w gilydd.' Fel roeddem yn cychwyn cerdded cydiodd Siân yn fy nghêp.

'Weli di'r wraig acw gyferbyn â ni? Dyna i ti Margaret Griffiths, Cefn Du. Mae hi newydd golli'i gŵr. Weli di'r llanc yna wrth ben y ceffyl? Rydw i bron yn siŵr mai dyna'i mab hi, ond wn i ar y ddaear beth ydi ei enw o . . . Maen nhw'n bobl reit fawr, Nansi. Tyrd, mi awn ni i siarad efo nhw.'

Fel y croesem y stryd arweiniodd y llanc ben y ceffyl tua buarth y Coach and Horses. Roedd yn dalach nag odid neb a welswn o'i ysgwyddau i fyny. Llygaid glas o dduedd gwannaidd oedd ganddo, ond anodd oedd diffinio ei wyneb yn iawn.

'Sut rydech chi, Margaret Griffiths?' gofynnodd Siân. 'Roedd yn ddrwg gen i glywed am eich profedigaeth.'

'Diolch i chi,' meddai'n fonheddig, 'ond tydw i ddim yn siŵr ohonoch.'

'Gwraig Corner House, Llanfyllin ydw i,' meddai Siân, 'a dyma Ann, fy chwaer.'

'Wrth gwrs,' meddai'r wraig. 'Dylaswn wybod yn well.'

Tra bu Siân a hithau'n sôn am y byd a'i bethau,

bûm i'n astudio wyneb Margaret Griffiths. Fel wyneb ei mab roedd hwn eto yn llyfn, siapus heb odid rych ar y croen, ond ei fod yn gadarnach nag wyneb y mab. Gadawsom Margaret Griffiths ar hynny a chyn hir cawsom ein hunain ar Ben y Beili. Gwelodd Siân ddefnydd cambric gwyn a mynnodd i mi ei brynu o stondin y faelieres.

'Dyma'r union beth wna flows i ti,' meddai.

Bodiodd ef yn ofalus cyn bargeinio.

Gwaeddodd y faelieres ar fy ôl,

'Lady in chip bonnet buy some puce ribbon.'

Prynais lathen ohono a llathen o lasie.

Trawsom wedyn ar Beti Evans, Bwlch Aeddan, a'i chwaer.

'Rydw i wedi'ch cwrdd chi droeon o gwmpas y Llan a Phontrobert, Ann Thomas,' meddai Beti Evans, 'ond welais i mohonoch chi erioed ym Mhenllys. Dyma fy chwaer Rwth.'

Hon felly oedd y ferch y clywais John y Figyn yn sôn amdani. Hoffais ei hwyneb tawel. Roedd rhywbeth yn ddeniadol ynddo a rhyw hoffusrwydd yn nhro ei llygaid. Ac meddai Rwth Evans,

'Rydw i'n adnabod John Thomas yn dda. Fe'i cwrddais laweroedd o weithiau ym Mhenllys, ac fe fu ef a John Hughes mewn Asosiat yn Llandrinio acw unwaith.'

'Rhaid i chi ddod i'n gweld,' meddai Beti Evans wedyn, 'pan ddaw Rwth drosodd i ardal Llanfihangel y tro nesaf. Mae gennym ni feddwl mawr o'ch brawd yn Seiad Penllys. Pam na ddowch chithe i'w ganlyn?'

Ar hynny sylwais ar fab Margaret Griffiths, Cefn Du, yn pasio heibio i ni. Gwelsai Rwth ef hefyd.

'Dyna i chi Thomas Griffiths, Cefn Du. Roeddem ni'n arfer â byw lled cae neu ddau oddi wrtho erstalwm. Mae teulu Cefn Du yn dipyn o fyddigions er ei fod yntau a'i fam yn gogwyddo at y Methodistied ers tro byd.'

Wedi ffarwelio â'r ddwy chwaer daethom at stondin Silvanus Price y gwerthwr llyfrau. Gwelais hen ŵr penwyn yn bodio *Gardd o Gerddi*, Tomos Edwards.

'Llyfr da ydi llyfr y Nant, yntê, Jonathan Huws?' meddai'r gwerthwr llyfrau.

Ysgydwodd yr hen ŵr ei ben yn flin ac meddai,

'Arhoswch chi nes y bydd Gwasg y 'Mwythig wedi cyhoeddi dwy gerdd i mi.'

Ar hynny diflannodd yr hen ŵr i'r Bell Inn.

Cerddasom ninnau yn flinedig i gyfeiriad y Coach and Horses. Tybiais i mi weld Wil Llidiart Deryn mewn tyrfa orlawen yn canu baledi pen-ffair. Gwaeddodd rhywun ar uchaf ei lais,

'Hir oes i Napoleon Bonaparte!'

Yn rhywle ar y daith meddai Siân wrthyf,

'On'd tydi mab Margaret Griffiths yn llanc prydweddol? Does dim tebyg i hiliogaeth dda.'

Prin fu ein sgwrs am y gweddill o'r daith ac roedd cwsg yn esmwyth y noson honno. Digon prin yr af i Syswallt y rhawg eto ond mae bywyd yn llawn unwaith eto.

Ebrill 1798
Heddiw y dywedodd Catrin y bydd yn gadael bentymor. Bu amser pan feddyliwn y cawn i nefoedd pe bai hi'n gadael. Ond nid wyf mor siŵr erbyn hyn. Medrais ddygymod yn burion â hi er pan ddaeth John y Figyn yma i aros. Rwy'n poeni am Catrin. Nid wyf yn hoffi'i golwg. Mae golwg wael ar yr eneth fel tae rhywbeth ar ei meddwl. Ni fu Edward ar y cyfyl

ers tro byd. Addawodd y Figyn y ceisiai gael Rwth Evans yma'n forwyn erbyn Calanmai.

Tyfodd rhyw undeb meddyliol cyfrin rhyngof a John. Ni allaf ei alw'n ysbrydol hyd yma, gan ei fod ef wedi hanner ymgolli yn Nirgelwch Person Crist a phethau felly. Mae'n daer am i mi fynd i Benllys.

Diwedd Ebrill 1798

Fe aeth Catrin yn y diwedd ond nid wy'n hapus yn ei chylch. Ni bu neb mor lân â Catrin, ond ers mis a mwy collodd cegin Dolwar ei sglein arferol. Bu hi'n dawedog ers dyddiau lawer fel tae'r felan arni. Neithiwr fe'i cefais yn crio yn y briws. Peth od oedd clywed Catrin yn crio.

'Rydech chi'n meddwl bod Edward, ych brawd, yn sant bêch, Nansi Thomas. Ond y mae o wedi gwerthu'i ened i'r Diafol! Rargen dêd! I feddwl y medrodd o droi fy mrawd, 'ngwas bêch i, o'r mynydd, a hynny am iddo godi caban unnos uwch Pontrobert. Rydech chi mor sanctedd yn ddiweddar, Nansi Thomas. Fe fynnwn i barch a hel fy nhrêd o'r lle yma. Dein giaton i! Nhêd bêch! Ond fe gaiff e dalu! Nhêd bêch! Fe ddaw'r ysbryd drwg ar sodle Edward ych brawd gewch chi weld.'

Mae'n debyg mai adre at ei theulu i Bontrobert yr aeth Catrin. Fe fydd hi'n nes at Edward nag erioed rŵan. Rydw i'n rhyw deimlo yn fy nghalon nad dyma'r tro olaf y clywaf i am deulu Catrin.

Mae John y Figyn yn gofyn yn barhaus i mi fynd i Benllys. Dywedais yr awn ar yr amod y cawn i fynd yno fy hunan.

Mae ef yn ymwybodol iawn y dyddiau hyn o'i feidroldeb yn ymyl mawredd Person Crist.

47

Mae'r lle yma yn ferw rhwng Rwth a John fy mrawd
a'r Figyn yn byrlymu drosodd gan Fethodistieth.
Daeth Rwth ag awyrgylch newydd i'r lle yma, ac
eisoes rwy'n teimlo'n well. Bûm ym Mhenllys o'r
diwedd! Roedd John y Figyn yn daer am i mi fynd
cyn i'r tân losgi allan. Does yr un tân yn parhau i
losgi am byth, meddai ef. Noson fawr oedd hon.
Euthum ar y ferlen fach gan feddwl y byddai honno'n
gwmni imi.

'I ble'r ei di, Nansi?' gofynnodd Nhad.

'Pam rwyt ti'n cyfrwyo'r ferlen, Nansi?' meddai
John fy mrawd.

Roeddwn ym muarth Penllys ymhell cyn i'r oedfa
ddechrau.

'Ann Thomas,' meddai gwraig Penllys, 'oes
rhywbeth ar fod? Ydi John Thomas yn methu dod i'r
Cyrdde?'

'Wedi dod i'r Cyrdde rydw i,' meddwn, 'ac am
roi'r ferlen i'w chadw yn y stabl.'

Prin y medrodd hi gael ei geiriau,

'Wedi dod i'r Cyrdde . . . Dowch i mewn, Ann
Thomas . . . O, mae John Thomas yn dod i'r Cyrdde
felly . . . Roeddech chi am roi'r ferlen yn y stabl
oeddech chi? Fe'i rhof yn gwmni i ferlen fach Ishmael
Jones . . . Mae o allan yn y caeau yn rhywle . . . Fe
rown ni dipyn o ebran iddyn nhw ac wedyn mi awn
ni i'r gegin.'

Mae cegin fawr ym Mhenllys gyda distiau derw
trymion tywyll o dan y llofft. Amddifadwyd y gegin
o bob moethusrwydd. Prin yw llestri'r dresel ac nid
oes sglein cŵyr melyn ar bren yn unman. Gosodwyd
meinciau ar draws yr ystafell erbyn y Cwrdd a bord
fechan i'r pregethwr yng nghysgod canllaw'r grisiau.

'Eisteddwch, Ann Thomas,' meddai hi. 'Gwnewch eich hun yn gartrefol . . . Sut mae'ch tad? . . . A sut mae Siân eich chwaer yn Llanfyllin? . . . Gwnewch eich hun yn gyfforddus, Ann Thomas.'

A chan ei bod yn siarad yn barhaus ac yn methu cuddio ei syndod, fe ddaeth amser dechrau'r Cyrdde yn sydyn ddigon. Yn raddol ymgasglodd pobl Moel-y-Fronllwyd, Halfen, Dolwar Hall a'r Cyfie. Daeth John y Figyn, John fy mrawd, Susan Pant Glas a Beti a Rwth. Cyn hir roedd y gegin yn orlawn. John y Figyn oedd yr unig un i guddio'i syndod o'm gweld yno. Dywedodd ers tro byd mai ym Mhenllys y mae fy nghartre ysbrydol i! Lediodd rhywun emyn Williams:

Ni buasai gennyf obaith
Am ddim ond fflamau syth . . .

Aeth John y Figyn ar ei linie yn drwm gan deimlad.

'Mae heno'n noson arbennig, O! Dduw!' meddai. 'Ti a ddygaist i ni enaid newydd. Ann Thomas wrth ei henw. Nid merch gyffredin mo Ann Thomas. Nid chwilfrydedd a'i dug hi yma at orsedd Gras . . . nid chwantau'r cnawd ychwaith. Mae hi eisoes ar y ffordd, yng nghyrraedd gwres ffwrneisi ei phechod, ar y ffordd a drefnwyd cyn bod amser i bechadur gymodi â'i Dduw. Dal hi ar ffordd y Cymod . . . Talwyd Iawn . . .'

Torrodd yr Amenau drwy'r gynulleidfa. Pregethodd Ishmael Jones ar y testun—'Pawb a bechasant, ac ydynt yn ôl am ogoniant Duw'.

Roedd gwres yr oedfa eisoes yn cyniwair.

'Y mae Duw, fy mhobol,' meddai, 'yn mynd allan o'i ffordd i achub Pechadur. Pechais innau yn erbyn

49

yr Ysbryd Glân, torrais y Ddeddf, sgriblwyd f'enw ymaith oddi ar Lyfr y Bywyd . . . Na, gyfeillion! Cyfyd Duw ei law. A welwch chwi law Duw, fy mhobol i? Beth yw ei ddedfryd arnaf? A glywch chwi ei lef? Fachgen, rwyt ti'n ddieuog!' Gwaeddodd nes bod y lle yn diasbedain.

'Trwy Ffydd yr ydych yn gadwedig,' meddai wedyn. 'Duw yn adfer y berthynas rhyngddo a phechadur yn Iesu Grist. Trwyddo Ef fe'n prynwyd yn yr Iawn ar ben Calfaria. Ffordd ryfedd, ynte, o brynu pechadur, ei olchi yng ngwaed yr Oen a rhoi arno nod y Groes . . .'

Dyma ddechrau profiadau'r Ysbryd Glân ynof. O ddydd i ddydd mae'r ymwybyddiaeth o ragoroldeb Cariad Duw yn dyfnhau ynof.

Wythnos y Gymdeithasfa, Mehefin 1798
Rwy'n falch bod y blows cambric gwyn yn ffitio. Does dim fel cambric gwyn am roi urddas ar ferch ifanc. Roedd Siân yn llygad ei lle pan drawodd arno ar y stondin yn Syswallt. Mae fy llygaid yn boenus wedi'r pwytho hir. Ni byddwn wedi ei orffen oni bai am gymorth Rwth. Does gen i fawr o law at bwytho mwy nag at gadw tŷ. Mae Rwth yn medru darllen hefyd. Fe fu hi yn Ysgol Gruffydd Jones ac oherwydd hynny fe'th gymeraf i'm canlyn, fy Hen Lyfr Cownt, bob cam i Lanwddyn ac i'r Bala i'r Gymdeithasfa. Fe'th baciaf yn ddestlus heno ym mhlygion y blows cambric. Dyna falch wyf o Rwth! Cefais gwmni wrth fodd fy nghalon am ein bod ni'n siarad am yr un pethe. Rhoddai hi'r byd am gael mynd i'r Bala i'r Gymdeithasfa, ond mae rhyw reidrwydd arna i fynd

yno fy hunan. Fynna i ddim rhoi *let down* iddo Fo ac yntau wedi fy ngwahodd.

'Meistres,' meddai Rwth heno cyn inni noswylio, 'tawn i'n rhoi coron i chi, a gawn i fynd i'r Gymdeithasfa yn eich lle?'

Deliais ar y tro chwareus yn ei llygad,

'Ydech chi'n meddwl y buaswn i'n gwerthu fy ngenedigaeth fraint i Esau ar chwarae bach?'

'Wel gan mai fel yna y mae pethe, Meistres, fe ellwch fy nghofio at John y Figyn yn y Bala. Mae sbel er pan fu o yn Nolwar.'

Mae John yn Llanrhaeadr er cyn y Pasg. Mae Rwth yn ffond o John hefyd. Mae John fy mrawd wedi dod allan o'i blu hefyd er pan ddaeth Rwth yma. Heno ar swper yr oedd o'n ei herian hi efo John Elias.

'Wn i ddim beth welsoch chi erioed yn y dyn,' meddai. 'Mae o'n greadur mor wladaidd ac esgyrnog ac yn gwneud y fath fosiwn wrth bregethu. Fe gredech fod rhwnc anynad yn ei wddf!'

Bwriodd Rwth arno ragoriaethau John Elias. Haerodd fod ei bregethu fel tân yn 'goddeithio annuwioldeb'. Mae hi mor wahanol i Catrin. Ni ŵyr Nhad yn iawn beth i'w wneud ohonom. Y fi yw'r troseddwr pennaf.

'Rwyt ti mor benuchel ag erioed, Nansi, yn canu hyd y lle yma'n barhaus. Fe godai'r Hen Ffeiriad o'i fedd pe clywai o ti.'

Fe gredaf yn ddistaw bach fod Nhad hefyd wedi ymbellhau oddi wrth y Llan. Ac erbyn meddwl hwyrach nad John a Rwth a Nhad sydd wedi newid ond fi fy hun. Fe'th rof i gadw, fy Hen Lyfr Cownt. Rhaid noswylio neu fydd dim modd cychwyn am Lanwddyn yfory.

Eisteddaf ar lintel y ffenestr yn y siamber yn edrych i
lawr ar Ddyffryn Llanwddyn. Yn flinedig o gorff, ond
mae'r ysbryd yn llawn o ffresni'r disgwyl a rhyw
egni yn cyniwair yn y gwaed. Amheuthun oedd cael
cyrraedd y Tŷ Ucha. Heno bu Wmffre Elis yn erfyn
am wlith ar y Gymdeithasfa. Mae'r hen frawd wedi
trwytho'i feddwl i'r Gymdeithasfa.

Mae hi'n nosi'n gyflym. Dylai fod yn braf yfory.
Roedd yr haul yn machlud yn goch. Hyd yn oed yn y
llwyd-dywyll gwelaf rwyllwaith o batrwm gwyrdd y
caeau. Fel y dringwn i gopa'r bryniau heno, gwelwn
y dyffryn hwn yn ymagor o flaen fy llygaid hyd at
Riwargor. Gwyrddlesni'r gwrychoedd uchel, gwyrdd-
felyn y gwair a gwyrdd dyfnach yr ŷd. Eglwys y
Plwy, dwsin neu ddau o dai annedd, muriau
gwyngalch y ddwy dafarn a Chapel y Crynwyr.
Sgwn i sut mae pethau yn Nolwar? Rydw i fel tawn i
mewn gwlad ddieithr. Rhaid i mi daenu'r blows
cambric dros gefn y gadair. Blows y Gymdeithasfa!
On'd wyt ti'n falch, Nansi Thomas! Mae Rwth mor
ofalus ohonof. Dyna braf yw cael rhywun i gymryd
diddordeb ynoch. Roedd hi'n ffwdan i gyd wrth i mi
gychwyn,

'Fydde ddim yn well i chi gario'ch cêp a hithe mor
boeth? Fe'i teimlwch wrth ddringo'r allt am
Lanwddyn.'

Cerddasom fraich ym mraich hyd lidiart y ffordd.

'Rydw i bron â chredu y cewch chithe gariad,
Meistres, yn y Gymdeithasfa, y tro hwn, efo'r corff
lluniaidd yna a'r wyneb gwritgoch sydd gennych.'

'Hwyrach y bydd rhai o fechgyn y Bont yno,'
meddai wedyn. 'Maen nhw wedi taflu cil llygad
arnoch, ond eich bod chi mor anystyriol o benstiff!

52

Dene i chi ddau fachgen Cefn Du. Beth sydd o'i le ar Thomas Griffiths? Mae o'n fachgen gosgeiddig ddigon.'

'Leiciech chi gael Margaret Griffiths yn fam-yng-nghyfreth?' gofynnais ar ei thraws. 'Mae hi'n amcanu'n uwch nag Ann Thomas, Dolwar.'

'Pe bai hi'n meddwl mwy am ened y bachgen a llai am gyfoeth fe gâi hi eitha merch-yng-nghyfreth yn Ann Thomas, mi gymra fy llw.'

Chwarae teg i Rwth.

Erbyn meddwl, mae Thomas Griffiths yn osgeiddig ac yn llydan-ysgwyddog a chymesur ei aelodau . . . Ond tydw i'n gnawdol? Beth pe clywai Wmffre Elis fy meddyliau! Heno, mae fy nghnawd yn felfedaidd esmwyth a'm bronnau fel orenau llawnion dan fy mysedd. Beth am John y Figyn? Mi fedra i siarad am bethau'r Ysbryd am oriau efo fo ond merch ifanc ydw i, a fynna i mohono yn gydymaith gwely!

Nansi Thomas! Rwyt wedi ymroi i gnawdolrwydd. Rhaid i ti ymostwng ar dy linie a gofyn i Dduw am faddeuant! Digon prin y cysgaf mewn gwely dieithr.

Wedi'r Gymdeithasfa, Mehefin 1798
Dyma fi'n ôl ers deuddydd. Bûm yn rhy flinedig i gofnodi dim yn fy Llyfr Cownt hyd heddiw, ond rhaid ymroi ati tra bo'r meddwl yn drwm dan wlith y Gymdeithasfa. Ond yn gyntaf peth, rhaid imi gael dweud wrthyt, yr Hen Lyfr Cownt, fod John Pendu-gwm wedi cynnig ei hunan i'r Gymdeithasfa Genhadol. Dyna sôn mawr y Gymdeithasfa. Fore'r Gymdeithasfa roeddem i fyny cyn caniad y ceiliog yn y Tŷ Ucha. Meddai Wmffre Elis,

'Mi fynna i glywed llais melodus Dafydd Cadwalad yr Efengylydd. Fydd pethe ddim yr un fath heb William Evans o'r Fedw Arian. Rydw i'n disgwyl cael cyfarfod â hen ffrindiau o ochre Dyffryn Clwyd, o Gapel y Dyffryn a'r Bont Uchel. Mi fûm i yno adeg y Fedel. Bydd Thomas Jones, Dinbych, yn y Bala. Fy hunan, does gen i fawr i'w ddweud wrth y to ifanc, er bod yr hogyn John Elias yna yn bregethwr o'r siort ore.'

Fel y nesaem am Riwargor gwelem hen wraig yn sefyll wrth y llidiart â ffon bugail yn ei llaw. Roedd hi'n ddall ac yn fusneslyd.

'Wmffre Elis, mi wn, ar sŵn eich troed chi,' meddai. 'Ar y ffordd i'r Bala, mi wranta. Mi fydd digon o weiddi yn y fan honno i godi meirw'r Llan yma.'

'Rydech chi'n bigog iawn yr amser hwn o'r bore, Sioned Puw.'

'Pigog wir! Mi ddyliwn fy mod! I be mae hen ŵr fel chi yn codlan efo'r Diwygiwrs yma? Roedd y Crynwyr yn od hyd y lle yma, ond rydech chi'r Methodistied yn odiach. Pwy ydi'r ferch ifanc yma sydd efo chi, Wmffre?'

'Un o Lanfihangel.'

'Peidiwch â bod mor ddieithr, da chi. Mi wn i fwy am y lle na chi, Wmffre. Mi fûm i'n gweini yno ers llawer dydd. Pwy ydech chi, 'ngeneth i?'

'Merch Siôn Ifan Thomas, Dolwar.'

'Mi wn i ar y gore. Roedd eich tad yn Warden yn Eglwys Llanfihangel. Fe droai yn ei fedd pe bai o'n gwybod eich bod yn codlan efo'r Diwygiwrs!'

Yn y pellter clywn deuluoedd Halfen a Llaeth-bwlch a Moel-y-Fronllwyd yn dynesu.

'Dyna bererinion y Bala!' meddai'r hen wraig. 'Mi fynna i gyntun y pnawn yma. Fydd dim dichon i neb â chysgu unwaith y byddan nhw yn hel eu traed o'r Gymdeithasfa.'

Bellach roedd y pererinion wedi'n goddiweddyd

ni. Yn eu canol roedd Catrin. Gwaeddodd yn ddigon uchel i bawb ei chlywed,

'Wel, Ann Thomas, ydech chi'n barod i'r Gymdeithasfa? Rargen dêd! Rydech chi'n edrych yn dlws odieth efo'r blows cambric gwyn yna a'r rhuban porffor.'

Ond fe wyddwn ar y gorau mai rhywbeth tebyg i hyn a redai drwy ei meddwl,

'Wel, Nansi Thomas! Ydech chi wedi sychu'ch dagre'n barod? Mae'ch llyged yn union fel tae'r gwlith heb godi ynddyn nhw. Rargen dêd! Mi fydd yn foddfa yn y Bala rhwng eich dagre chi a Llyn Tegid! Rydech chi wedi mynd mor sanctedd hefyd.'

Roedd merch fach yn y dyrfa a syllai'n barhaus arnaf. Merch brydweddol, lân ei thrwsiad. Elizabeth Savage o Bontrobert ydoedd. Clywais mai hi yw cariad newydd Edward fy mrawd.

Prin oedd ein sgwrs gan fod gwlith y Gymdeithasfa eisoes wedi disgyn arnom. Bellach roedd Rhiwargor ymhell o'n hôl. O'n blaenau ymestynnai Moel y Geifr a Chwm Hirnant fel neidr yn ymddolennu rhwng y bryniau. Troediais yn ysgafn am y gwyddwn fod Rhywun yn fy nisgwyl! Tybiwn y deuai i'n cyfarfod o'r niwl dros ben yr Arennig. Gŵr tal, lluniaidd ydoedd yn ei wisg laes Iddewig. Ei wallt yn dywyll a sandalau am ei draed.

Toc daethom i olwg Llyn Tegid. Ei ddŵr fel grisial oddi tanom. I'r chwith y ddwy Aran—Aran Benllyn ac Aran Fawddwy. O'n blaen yr Arennig. Cododd y Crist i'n cyfarfod o'r niwl ym mhen y mynydd. Llanwyd fy enaid â'i gyfaredd. I lawr wedyn heibio i blas Rhiwaedog hyd at Bont Mwnwgl-y-Llyn. Cyn belled ag y gwelai llygad roedd cerbydau a meirch a phobl mewn gwisgoedd duon yn frith hyd y ffyrdd a'r llwybrau. Dylifodd y bobl i'r Bala o Ddyffryn Clwyd a Dyfrdwy, tros y Migneint ac o Ddolgellau.

Fel y nesaem at y Bala, sibrydodd rhywun fod deng mil yno eisoes. Cyraeddasom y Green. Safai John y Figyn yn ein haros. Roedd wedi ein gweld a cherddodd i'n cyfarfod.

'Mae'r gwlith yn drwm yma eisoes,' meddai. Buasai ef yng Nghynhadledd y Gymdeithasfa er y diwrnod cynt. Bu'n adrodd fel y bu i John Elias y noswaith cynt apelio at y dyrfa a'i gyrru mor llonydd â'r pared. 'Na weler un dyn meddw,' llefodd John Elias, 'ar yr heol hon ar bwys colli enaid, onid e dyma'r Gymdeithasfa olaf a welir yn y dref hon! Mae yma filoedd o ddieithriaid i gael eu lletya, agorwch eich drysau o galon, y cwbl a ofynnwn yw gwely sych diberygl a thamed o fara a dŵr ac ar fod addoliad teuluol ym mhob annedd heno yn *exact* am naw o'r gloch.' Clywn nifer o laslanciau a hogennod yn dwndrian siarad ar eu gorwedd hyd y Green. Yn eu canol roedd Catrin.

'Rargen dêd!' meddai. 'Welwch chi'r dyn coch ene efo'i sane am ben ei sgidie? John Hughes y Figyn ydi o. Fe ofynnodd rhywun iddo pam na chodai ei sane ac medde ynte, "Nid mater codi sane ydi cadw ened".' Chwarddasant i gyd yn llawen.

Gallaswn fod wedi crio dros John. Ond gwn ar y gorau nad oes ar John angen fy nagrau. Mae ganddo enaid mor fawr.

Wedi'r Gymdeithasfa, Mehefin 1798
Heddiw galwodd John ei hunan. Buom yn cynnal cwest ar y Gymdeithasfa. Bu John Pendugwm lawer yn ein meddyliau. Mae sôn y bydd arddeliad mawr

ar Benllys ar ôl hyn. Ond rhaid i mi ymroi ati i orffen sôn am y Gymdeithasfa.

Fel y nesâi am ddeg o'r gloch y bore gwresogai'r dyrfa. Siaradai pawb am yr un peth.

'Yn Ysgol Mr Charles y dysgais i ddarllen . . .'

'Efe a fu'n cataceisio'r bobl.'

'Mr Charles ddaeth â'r Ail Ddiwygiad.'

'Bydd wedi llosgi'i hun allan yng ngwaith yr Efengyl.'

Ac yna cerddodd Mr Charles ei hunan tua'r esgynlawr ar ganol y Green. Gŵr tua chanol oed ydyw gydag wyneb cadarn ac osgo ysgolhaig ym mhob ystum. Sylwais fod ei wallt yn dechrau teneuo ychydig ar y corun. Fe'i dilynwyd gan Thomas Jones, Dinbych, yn ei gap melfed du, Dafydd Cadwalad, John Roberts, Llangwm a Robert Dafydd, Brynengan. Cyn hir dringodd gŵr ifanc i ben yr esgynlawr yn ei glos pen-glin a'i hosanau duon meinion. Safodd ar bwys y ddesg.

'Dyma John Elias,' sibrydodd y cannoedd disgwylgar.

'A glywsoch chi sôn amdano'n gweddïo yn Ffestiniog ar ei ffordd i'r Gymdeithasfa?'

Roedd yr awyr yn las dyner a'r gwlith o dan ein traed heb ddim ond prin godi. Difrifolodd wyneb John Elias. Darllenodd ei destun mewn llais peraidd, treiddgar. Cododd y dyrfa ddisgwylgar ar flaenau ei thraed yn ysblander ei chapiau melfed a'i boneti sidan. Chwifid hancesi pocedi i gadw'r gwybed draw ac i sychu'r chwŷs. Ymddrylliodd un Haleliwia fawr drwy'r dorf pan ofynnodd y gennad ar uchaf ei lais,

'Beth yw lled trefn yr Iachawdwriaeth?'

Ac meddai, 'Gyfeillion! Roedd hon yn rhy lydan i'r lleidr ar y Groes syrthio trosti i Uffern.'

Gwaeddodd yn uwch nes diasbedain drwy'r Amenau o blith y dyrfa.

'Beth yw ei hyd hi?'

Distawrwydd nes iddo weiddi drachefn,

'Roedd yn rhy hir i Saul o Darsus syrthio drosti i Golledigaeth.' Roedd y Cynghorwyr ar flaenau eu traed. Gwaeddodd Beti Evans a'r lleill eu llef o ddiolchgarwch.

'Beth yw dyfnder trefn Gras yr Efengyl?' llefodd yntau drachefn. Ac yna meddai, 'Golchwyd Mair Magdala ynddi yn wyn yng ngwaed yr Oen.'

Ni fedrodd y Figyn ymatal yn hwy.

'O ddyfnderoedd iachawdwriaeth,' llefodd.

Aeth y Green yn wenfflam gan floeddiadau'r saint.

'Efe yw'r Iawn fu rhwng y lladron . . .'

'O, am bara i uchel yfed . . .'

'Ffordd a drefnwyd . . .'

Ac yn y gorfoledd hwn yr aethom ni bobl Penllys i dŷ Thomas a Sarah Charles. Croesawyd ni yn y drws gan Mr Charles. Cydiodd yn gyfeillgar yn llaw John y Figyn, ac meddai,

'Fy llongyfarchiadau ar ennill yr hawl i bregethu, John Hughes . . .'

Arweiniodd ni i gegin helaeth. Tynnwyd ein sylw gan silffoedd llyfrau Mr Charles. Yr oedd yno rai llyfrau y gwyddem yn dda amdanynt, fel y *Drysorfa Ysbrydol*. Ond roedd *Marw i'r Ddeddf* gan Erskine a *Gwledd i'r Eglwys*, Romaine yn newydd inni. Eisteddasom wrth y byrddau yn gwmni dedwydd. Ar hynny daeth Mr Charles ei hun i mewn. Fe'm cyflwynwyd iddo gan John y Figyn. Ac meddai Mr Charles,

'Ann Thomas, a yw'r gwlith o'r Gymdeithasfa wedi dechrau cyffroi'r awen yn barod?'

Ni wn sut y gwyddai i mi fod yn barddoni yn ddiweddar oni bai i John y Figyn ddweud wrtho.

Oddi allan i dŷ Mr Charles bu i ni daro ar Thomas Griffiths, Cefn Du.

Gorffennaf 1798
Mae sôn y byddwn yn symud i Bontrobert. Ond Penllys oedd fy nghariad cyntaf a John y Figyn oedd fy Nhad Gonffeswr. Sgwn i a bery'r un tân i losgi yn y Bont? Dyfnhaodd fy mhrofiad er y Gymdeithasfa.

Awst 1798
Rhyfeddaf at fawredd ei Berson Ef. Ni bûm erioed mor ymwybodol o'm meidroldeb ar y naill law ac o fawredd Crist ar y llall. Byddaf yn aml yn meddwl am 'wagle colledigaeth dyn' fel gwastadeddau Amwythig hyd at linell fain y gorwel nes cyfyd y Crist a phontio'r gagendor rhyngom. Nid yw John y Figyn a minnau yn cyd-fynd ar y pwynt yna.

'Rwyt ti'n ormod o gyfrinydd, Ann,' meddai, 'i fod yn Galfin da.' Mae John yn barhaus yn sôn am yr Ysbryd Glân, ond ni fedrais i ei amgyffred yn llawn eto er bod y syniad am Berson Crist a Duw yn ogyfuwch yn fy meddwl. Bydd yn rhaid i mi feddwl yn ddwys i fedru sefydlu Person yr Ysbryd Glân yn fy meddwl.

Medi 1798
Diolchaf lawer am gael fy nhrwytho yn llyfrau John y Figyn. Ni bu dim yr un wedi Cymdeithasfa'r Bala. Bellach gadawsom Benllys a sefydlu yn y Bont. Bron na ddywedaf nad oes hiraeth arnaf am fy nghariad cyntaf! Parhawn i gadw Ysgol Sul ym Mhenllys. Mor

wahanol yw Capel y Bont i hen Eglwys y Plwy—y meinciau di-gefn, y llawr pridd a'r muriau moelion. Ni allaf ddygymod â'r ddau bulpud. Cymaint yw arddeliad ein cyrdde fel y gwelsom yn dda dorri drws pedaironglog ym mur y tŷ capel fel y gall y saint yn gyfan gwbl gyfrannu o'n gwasanaethau.

Cefais weledigaeth newydd yn y Bont o Grist yn Dduw ac yn ddyn. Am iddo gymryd arno agwedd 'y gwas' medr gydymdeimlo â'n meidroldeb. Hwn a rydd inni foddhad y weithred o Gadwedigaeth. Mor rhyfeddol yw Trefn y Cadw! Mae pwys fy mhechod yn drwm arnaf, sef yr ymdeimlad hwn o'm meidroldeb. Daeth imi linell heno—

Dyn yn Dduw a Duw yn ddyn.

Fe enir ambell linell fel saeth o'm profiad. Fe ddywed Rwth fod dylanwad mesurau'r hen Garolau arnynt. Bydd yn rhaid ychwanegu at y llinell yna eto fel yr ychwanegir at fy mhrofiad.

Hydref 1798
Clywais y bydd Edward yn priodi yn Nhachwedd ag Elizabeth Savage. Mae'n daer am i mi fynd i'r briodas. Sgwn i beth yw ymateb Catrin? Bu amser pan gawn fwynhad o neithior priodas, ond bellach nid oes i mi ddedwyddwch yn 'narfodedig bethau'r llawr'.

Tachwedd 1798
Dyma fi'n ôl o briodas Edward ac Elizabeth. Llofnodais fy enw gydag enw John Savage ar gofnod eu priodas. Gweddïaf am i gynyrfiadau'r Ysbryd Glân ddisgyn ar eu huniad. Cefais brofiad chwerw heddiw. Catrin

yn dannod fy mod i'n gweiddi yn y Bont fel tae'r ysbryd drwg yn corddi ynof.

'Tydech chi'n fawr o beth wrth Orsedd Gras, Nansi Thomas bêch,' meddai. 'Rhyw weddi digon tila sydd gennych ar y gore ac mae rhai yn dweud ych bod yn cellwair â phethe ysbrydol ac ýn od o wamal. Pa hawl oedd gennoch chi a Beti Evans yn y Gloddfa i ddweud wrth 'y mrawd, "Gwybydd y geilw Duw ti i'r farn am hyn oll", a chithe mor golledig ych hunen?'

Ond fe ddywedodd John y Figyn wrthyf mai caled yw ffordd y Cyfiawn, ac mae hynny'n gysur i mi. Mae John yn sôn am ddychwelyd i Ddolwar yn gynnar yn y flwyddyn newydd.

Chwefror 1799

Byddaf weithiau yn credu fy mod yn adnabod fy Ngwaredwr yn well na'r Figyn, ond gwn fod y profiadau prin hynny yn rhagorach pan fo John o gylch y lle.

Buom yn sôn yn y Bont am y Swydd Gyfryngol. Mae John yn barhaus yn pwysleisio'r Cymod. Ei hoff osodiad yw am 'osod adwy rhwng y ddwyblaid'. Heno gwelaf y darlun o Lyfr Esther o flaen fy llygaid. Saif Esther yn y cyntedd a'r brenin yn estyn y deyrnwialen aur tuag ati. 'Ac Esther a nesaodd ac a gyffyrddodd â phen y deyrnwialen.' Dyma deyrnwialen y Cymod. Mae sŵn emyn yn fy nghlustiau—

Dyma babell y cyfarfod
Dyma gymod yn y gwaed.

Gwelaf y brenin fel Crist ac Esther fel y pechadur. Teyrnwialen aur sydd yn ei law.

Mawrth 1799

Fel y mae'r Pasg yn nesu bûm yn myfyrio ar y Groes a'r Atgyfodiad. Rhyfeddaf at fawredd ei Berson Ef. Nid cysgod mohono ond sylwedd. Ni bu erioed fwy o hiraeth arnaf am fod yn bur. Daw i'm cof ddarlun a welais yn Eglwys Llan ymhell yn ôl pan euthum yno ar y ferlen efo Nhad adeg y Pasg. Ar lwybr y fynwent yn cysgodi o dan ywen roedd pwt o groes bren ac arni—'David Lloyd, Harper. Buried September 1780'. O fewn yr Eglwys eisteddwn gyda Nhad yng nghysgod llofft y grog. Daethai hen gi Dolwar i'n canlyn. Crafangai am ei anadl o dan y fainc. Sŵn traed a gweryriad tenau'r meirch o'r stabl. Y côr yn canu o'r Sallwyr, *In Aeternum Domine.* Llais main yr Hen Ffeiriad,

'Crist a gyfodwyd oddi wrth y meirw . . . felly hefyd yng Nghrist y bywheir pawb.'

Fe'm poenwyd erioed â delweddau. Daeth David Lloyd, 'Harper' yn fyw o flaen fy llygaid. Buasai farw adeg y Fedel. Gwelwn ef yn canu'r delyn wrth droed y Groes ar fryn Llanfihangel, a hogiau'r Fedel yn diosg eu capiau yn fonheddig ddwys. Tyfodd y Groes fel anghenfil mawr nes ymestyn tua'r Berwyn ar y naill law a Gwastadeddau 'Mwythig ar y llall. Ond nid oedd neb ar y Groes. Ni welais yno ddim o 'Ddirgelwch mawr y Duwdod' a brofais yn ddiweddar.

Bu John Pendugwm yn y Bont yn ddiweddar. Cwynai fod y Gymdeithas Genhadol yn Llundain yn ymarhous iawn i ateb llythyrau Mr Charles drosto.

Ebrill 1799

Daeth gorfoledd y Pasg i'm llenwi hyd ei ymylon. Neithiwr ddiwethaf fe'm llanwyd â rhyfeddod y gwynfyd. Deuthum wyneb yn wyneb â byd arall fel tae 'arogl y Pomgranadau' hyd y tir. Rhaid dal ar y profiad hwn. Fe ddaw yn dyner esmwyth fel anadl yn chwarae ar fy ngwefusau, a thraidd drwy fy holl gorff a'm dwyn i ffiniau gogoniant. Yn y fan honno mae fy enaid yn medru caru ei Berson Ef. Arswydaf weithiau pan fo fy enaid yn ei wres yn caru'r Anfeidrol. Sut y medra i sôn amdano ond fel f'Anwylyd! Deuthum i ryw gymundeb anwahanedig ag Ef. Yno y bûm yn ymhyfrydu yn ei Berson ac ymgolli yn nirgelwch ei gariad. Mae fel priodas Cariad. Ni welais neb i'w gymharu ag Ef, ac eto fel fy nghariadlanc mae ynddo ddyfnderoedd na allaf eu plymio. Teimlaf mor naturiol yn ei gwmni. O! na chawn dragwyddol orffwys yn ei freichiau!

Fe weli fai ynof, fy Hen Lyfr Cownt, am weiddi nes bod y muriau yma'n diasbedain, am ymgolli yn y Dwyfol ar ffordd y Bala a thrumau'r Berwyn. Ond rhaid i mi siarad â'm Cariad na allaf ond ei deimlo. Dyna'r unig ffordd y medr y dyndod ynof ddod i gyfarfod â'i Ddwyfoldeb Ef. Yn yr ecstasi hwn, ni phoenir fi gan Athrawiaeth yr Iawn a Threfn y Cadw am na allaf ond rhyfeddu a pharhau i ryfeddu at ei Berson Ef. Mae mor anodd dal y profiadau hyn, fel y rhoddais linellau ynghyd i Rwth eu canu ar un o'r hen geinciau. Geirfa'r Cyfrinydd sydd iddynt meddai John y Figyn—pethau fel 'ymddifyrru yn ei Berson . . . treiddio i'r adnabyddiaeth . . . llechu'n dawel dan ei gysgod . . . addasrwydd ei Berson'. Weithiau fe welaf f'Arglwydd fel Wil Llidiart Deryn ac ni wn yn y byd paham. Cenais i'm Hanwylyd gân serch—

Rhosyn Saron yw ei enw,
  Gwyn a gwridog, teg o bryd;
Ar ddeng mil y mae'n rhagori,
  O wrthrychau penna'r byd.

Mae Rwth wedi rhyfeddu at y llinellau hyn ac yn eu canu drwy gydol y dydd. Ac meddai Nhad, 'Rwyt ti'n cyfansoddi penillion digon o ryfeddod'. Dyma'r unig ffordd y medraf wisgo fy mhrofiadau.

Mai 1799
Bûm yn y Bala efo John y Figyn a Rwth a'i chwaer. Arweiniwyd ein meddyliau i Ddirgelwch y Drindod a Gogoniant Person Crist. Bob cam dros y Berwyn ymgollais mewn myfyrdod. Nid yw John yn deall sut y medraf ymgolli yn ei Berson. Fe ddywedodd unwaith fy mod yn synhwyrus, ond mae'n credu erbyn hyn fod fy nwydau wedi'u sancteiddio. Cefais y llinell fendigedig hon ar y Berwyn—

O ddedwydd awr tragwyddol orffwys.

Cyrhaeddaf i'r fath ecstasi weithiau nes dyheu am gael ymddatod. Y math o brofiad a ddaw i ddyn pan fo'n dyheu am ddal ar aroglau gwyddfid yn y gwrych, neu ar freuder gwe cop awyr-haf. Parodd gwres y Diwygiad ac argyhoeddiad John y Figyn i mi fedru dal ar y cyfaredd. Byddaf yn ofni weithiau dod awr y dadrithiad.

Caf fwynhad rhyfeddol o'r teithiau hyn i'r Bala ar Sul-pen-mis.

Mehefin 1799
Dyma Gymdeithasfa arall drosodd. Nid gwlith y Cyrdde sydd fwyaf yn fy meddwl y tro hwn. Mynnodd rhywbeth arall wthio ei hun o dan y croen. Digon prin y bydd i mi anghofio'r Gymdeithas hon am amser hir. Roedd yn ddiwrnod braf a chasglasom ni bobl y Bont yn dyrfa at fin y Llyn rhwng y Cyrdde.

John y Figyn yn sôn am ddyfnderoedd 'Bethesda Lyn'. Draw roedd Eglwys Llanycil ac yn y pellter Llangower a hudoliaeth Aran Fawddwy.

'Ann,' meddai John, 'fyddwch chi ddim yn dyheu weithiau am gael amser yn ôl?'

'Na, John,' meddwn. 'Fu'r un awr mor hyfryd â'r awr bresennol. Mae rhyfeddod ei Ras Ef yn annherfynol.'

Ciciodd John flaen ei esgid yn y graean. Am y tro cyntaf erioed gwelais ei fod mewn penbleth meddwl.

'Ann,' meddai yn y man, 'mi wn i mi dristáu yr Ysbryd Glân.'

Roedd iddo ef ddweud hynny cystal â phe dywedasai iddo werthu ei hun i'r Diafol, oblegid ei ofn pennaf a fuasai ofn tristáu'r Ysbryd Glân.

'Ond, John,' meddwn, 'nesaf yn y byd y bo enaid at Dduw, mwyaf yn y byd yw'r argyhoeddiad o bechod.'

'Meddwl y medrwn i garu merch a wnaeth i mi dristáu'r Ysbryd Glân,' meddai John yn y man.

Tybed, meddyliais, a oedd yr ofnau a fu'n llochesu ers tro yn fy nghalon yn wir? Os felly, byddai fel torri gwydr yn ddarnau yn fy llaw.

'Duw a faddeuo i mi,' meddai John. 'Cefais fy ngalw i bregethu'r Gair ac fel cennad ni fedraf fyw fy hunan.'

Parhaodd i gadw'i olwg draw dros y llyn.

'Fe'ch gwelais chi, Ann, yn nhermau'r Briodasferch . . . fe'ch gwelais ar ddelw Priodasferch yr Oen a allai gusanu'r Mab am iddo ddigio. Duw a faddeuo i mi os cyfeiliornais.'

Ni chodais innau fy ngolygon oddi ar y dŵr.

'Caru'ch ened chi wnes i, John . . .'

Gwyddai John nad oedd i'm cnawd le yn yr ateb hwnnw. Ni fedrais ddarllen yr artaith ar ei wyneb ond fe'i clywais yn ei lais,

'Trwy hyn y glanheir anwiredd Jacob.'

Gelli ddeall, fy Hen Lyfr Cownt, faint fy archollion. Rwy'n ofni'r blynyddoedd sydd o'm blaen. Carwn fedru credu mai dyma'r ffordd a drefnwyd ar fy nghyfer—

Ffordd na chenfydd llygad barcut
Er ei bod fel hanner dydd;
Ffordd ddi-sathr anweledig
I bawb ond perchenogion ffydd.

Awst 1799
Cefais ddigon o amser i feddwl yn ddiweddar. O'r diwedd fe ddaeth John y Figyn yma. Ofnwn na ddeuai wedyn. John y Figyn yn ofni tristáu'r Ysbryd Glân a finnau'n tristáu John yn y fargen.

Hydref 1799
Mae sôn y bydd John y Figyn yn symud i Lanwrin yn athro ysgol. Ni ŵyr neb am faint fy siom. Rhaid i mi ymorffwys mwy ar y pethau tragwyddol. O, na chawn i'r profiad a ddaeth i mi unwaith—

Beth sy imi mwy a wnelwyf
Ag eilunod gwael y llawr?
Tystio'r wyf nad yw eu cwmni
I'w gystadlu â'r Iesu mawr.

Tachwedd 1799
Cawsom gwrdd gweddi yn y Bont—Pali Thomas, Susan Pant Glas, Beti a Rwth, John y Figyn, John fy mrawd a minnau. Buom yn gofyn i Dduw adfer ei heddwch rhwng Lloeger a Napoleon Bonaparte. William, Llaeth Bwlch, dan arddeliad mawr ac yn dweud i John Pendugwm glywed oddi wrth Gymdeithas Genhadol Llundain y bydd yn hwylio i

Fôr y De ym mis Mai. Ni allwn lai na gweiddi allan, 'Gogoneddus bethau a ddywedir amdanat ti, O ddinas Duw'.

Ionawr 1800

Bellach aeth John y Figyn i Lanwrin. Cwrdd trist fu'r cwrdd ffarwelio ag ef. Bydd yn rhaid imi ymborthi mwyach ar ei lythyrau.

Chwefror 1800

O, y golled ar ôl John y Figyn! Ef a fu fy mheilot ysbrydol. Mae fel torri fy llaw dde i ffwrdd. Gŵyr ef fy hanes yn well na neb arall. Ysgrifennais lythyr mewn atebiad iddo. Soniais ynddo am y wraig o Sunamees yn neilltuo ystafell i ŵr Duw orffwyso pan ddelai heibio, gan osod gwely a bwrdd, stôl a chanhwyllbren iddo. Tybiais fod y wraig, oherwydd ei hiraeth am y proffwyd, yn mynych droedio'r ystafell ac yn cael ei llonni wrth ddisgwyl amdano. Mae cyflwr fy meddwl yn bur ddryslyd a byddaf yn gweddïo am dangnefedd yr Ysbryd.

Ebrill 1800

Bydd hwn yn Basg i'w gofio. Cwrdd ffarwelio arall. Heddiw buom yn ffarwelio â John Pendugwm yn y Bont. Bu ef yn bur ddieithr i ni ers tro byd, am iddo fod yn gwasanaethu yn Ysgolion Mr Charles. Roedd Mr Charles yn bresennol yn y Bont heddiw. Roedd ein hoedfa dan y gwlith. Bydd gweddïau'r Bont yn ei gynnal bob cam i Tahiti. Daw rhyw ias wrth feddwl am y pellter a fydd rhyngom ac ef. Ni welwn ef y rhawg eto. Wedi'r oedfa daeth John y Figyn a Susan Pant Glas gyda ni i Ddolwar. John y Figyn unwaith eto yn pwysleisio Trefn y Cymod ac mor ymwybodol ag erioed o'i feidroldeb yn wyneb anfeidroldeb Duw. Cawsom gwrdd gweddi cyn gwahanu. Bydd y Figyn yma dros y Pasg a bydd ei bresenoldeb yn falm ar eneidiau Rwth a minnau.

Mai 1800
Daeth llythyr i gynulliad y Bont o Portsmouth oddi wrth John Pendugwm. Mae bellach wedi cychwyn ar ei fordaith hir i Tahiti. Nid oedd un llygad sych yn y Bont pan ddarllenai John fy mrawd y llythyr. John Pendugwm yn diolch am gyfeillach saint Penllys gynt, am foddion gras ac ordinhadau'r Efengyl. Sgwn i mai meddwl am ei fordaith yr oedd pan gymhellai ni i gadw yn agos at ein 'Captain'. Mae'n syndod y chwalu a fu arnom yn ddiweddar.

Hydref 1800
Cefaist lonydd am rai misoedd, fy Hen Lyfr Cownt. Medrais ymgolli yn ei Iachawdwriaeth Ef. Bu fy mhrofiadau mor gysegredig fel y disgynnent yn berlau gwlithog. Fe'u croniclais yn fy nghalon ac mae cof Rwth mor eithriadol fel y clywaf hi yn eu canu wrth ei gwaith. Ond fy hunan ni welais erioed gymaint o achos llefain am y Graig. Daw bywyd â'i fân broblemau unwaith eto i ymylon fy mhrofiad. Nid oes cymaint yn digwydd â chynt. Mae'r Asosiat yn y Bont yn effro serch hynny ac arddeliad ar y Weinidogaeth. Cawsom arogl esmwyth ar doriad y bara.

Chwefror 1801
Anfonais lythyr arall at John y Figyn. Mynegais ynddo fy hiraeth am gael aros dan ddiferion y cysegr hyd yr hwyr. Rhoddais iddo beth o hanes yr Asosiat

yn y Bont. Mae'n lled wlithog a chredaf nad yw hi'n ddieithr i'r 'gwin sydd yn cael ei rannu ymhlith y disgyblion yma ar eu taith'.

Mai 1801
Ni sgwennais at John y Figyn ers tro. Nid oedd nemor dim yn werth ei anfon. Cefais fy hunan mewn cyflwr colledig. Pe byddai'r Figyn o fewn cyrraedd medrai fy nhynnu drwy gnofeydd ac amheuon f'ysbryd. Daeth dyddiau tywyll ar y Bont yn ddiweddar gan ergydion y byd a gwrthgilwyr. Byddai'n dda gennyf pe gwelai John ei ffordd yn rhydd i fedru dychwelyd i'r Bont. Rwyf yn aml yn disgwyl rhyw dywydd blin i'm cyfarfod er na wn beth yw. Fy nghysur beunyddiol yw—'Pan elych drwy'r dyfroedd mi a fyddaf gyda chwi'.

Mehefin 1801
Daeth hwb i'r galon unwaith eto a bu Rwth a minnau yn y Bala ar Sul-pen-mis. Roedd yr hin yn fendigedig. Arosasom oedfa'r hwyr i dderbyn y Sacrament o ddwylo Mr Charles. Buom yn eistedd ar y meinciau cerrig oddi allan i dŷ Siân a Siôn yn aros yr oedfa. Roedd Catrin yno a gofynnodd imi o dan ei hanadl ymhle yr oedd 'ciwred Iesu Grist . . .' Methodd y Figyn â bod yn bresennol. Fe'm cythruddwyd gan eiriau Catrin ond wedi'r oedfa llanwyd f'enaid i'r ymylon gan rin yr hen brofiadau. Yn rhywle ar y Berwyn gwelais groes o bren masarn yn llyfn a chymesur, a honno'n codi dros wrym y bryniau. Arni ymgrymai gŵr mewn lliain main, ond ni allwn weld ôl yr hoelion gan faint y nos. Ac yna llithrodd y lleuad yn gannaid ddisglair gan ddangos wyneb Duw. Meddyliais am yr angylion yn medru edrych i

wyneb Duw a deall Trefn yr Iechydwriaeth. Rhedodd dwy linell drwy fy meddwl,

> O am gael ffydd i edrych
> Gyda'r angylion fry.

Daw siawns i'w gorffen rywdro eto. Addawodd Mr Charles ddod i'r Bont cyn hir.

Ionawr 1802
Codais di o'r llwch unwaith eto, fy Hen Lyfr Cownt. Ni bu fawr o hwyl ar ysgrifennu ers misoedd. Aeth llythyrau John y Figyn yn brinnach ac nid oes ddichon tynnu sgwrs ag ef fel cynt am Athrawiaeth yr Iawn a Dirgelwch Person Crist. Aeth Trefnydd-iaeth Fethodistaidd i waed John yn ddiweddar. Mae sôn mawr y derbynnir ef i'r Weinidogaeth. Digon helyntus fu ei yrfa hyd yma. Dyna Jeremiah Williams, Llanwyddelen, yn edliw iddo ei fod mor aflêr fel y rhoddai ef ar y pren du yn y simdde. Ond ychydig a wyddai Jeremiah am enaid John. Diolchais ganwaith i Ishmael Jones am edliw iddo ei gamsynied,

'Be sy ar dy ben di, Jeremiah, efo'r bachgen yna? Ofn iddo dy guro di ar bregethu sy arnat ti? Ond raid i ti ddim trafferthu; mae o wedi dy guro di o ddigon!' Synnwn i ddim na fydd sôn mawr am y Figyn.

Ebrill 1802
Aeth 'tridiau'r deryn du a dau lygad Ebrill' heibio. Bu Mr Charles yn y Bont. Nid yw'r tân yn llosgi fel cynt ac roedd mwy o hamdden i sgwrsio â hwn ac arall. Cydiodd yn fy mraich ar lwybr capel y Bont gan ddweud rhywbeth a'm cyffrôdd a syllu'n

fwynaidd i'm llygaid. Nid felly y bydd Mr Charles yn edrych yn arferol.

'Ann Thomas,' meddai. 'Maddeuwch i mi, ond rydech chi'n gymaint o athrylith fel y medrai unrhyw beth ddigwydd i chi.'

Tybiais mai cellwair yr oedd gan i Catrin ddweud fod ei lythyrau caru ef a Sarah Charles yn 'donic i ened'.

Wn i ddim o ble y cafodd Catrin yr wybodaeth honno.

'Tebyg i beth, Mr Charles?' gofynnais iddo. 'Raid i chi ddim ofni ateb.' Ond nid cellwair yr oedd. Pendronodd beth cyn ateb fel pe bai'n edifar ganddo grybwyll dim ac meddai yn y man,

'Wel . . . fe allech wrthgilio, Ann Thomas.'

Fe'm cyffrowyd ond medrais ei ateb yn yr un cywair,

'Dim ond unwaith, Mr Charles, y bydd dyn yn cael ei brofi yn ffwrneisi sancteiddhad.'

'Maddeuwch imi, Ann Thomas,' meddai'n fyfyrgar, 'ond dyna'r union ateb a ddisgwyliwn.'

Ni fedraf gael ei eiriau o'm meddwl.

Mai 1802

Derbyniwyd John y Figyn i gyflawn waith y Wein-idogaeth. Ysgrifennais lythyr ato yn ei longyfarch ac yn gofyn iddo am Seion, yn enwedig 'ei fam eglwys yn y Bont'. Mae cysgodau'r hwyr bron â'i gorchuddio, a phenwynni yr ymdaenu drosti. Soniais am y gennad yn y Bont yn dweud i Dduw anfon pechadur-iaid fel arian cochion i'w hailgoinio yn Iesu Grist. Cefais gopi o *Theomemphus* o hen siop Dafydd Siôn Lystan yn y Bala.

Ionawr 1803

Aeth misoedd heibio. Mae ychydig ddalennau eto'n aros i'w llenwi. Mae blys gennyf ymddatod a mynd at Mam a Lisbeth. Mae fy nghyflwr yn druenus, fy Hen Lyfr Cownt, ac ni wn yn iawn sut y medraf ddweud y cwbl wrthyt tithau chwaith. Mae rhai pethau na fynn calon eu mynegi. Ni bu Edward yma er yr hydref. Bu helynt blin ym Mhontrobert yn ôl a glywais, rhyngddo a brawd Catrin. Fe fynnai Edward ei droi o'r mynydd! Ofnaf yn barhaus y bydd i Edward gael ei ddwyn i hafflau'r gyfraith am ymyrryd â hawliau'r tai unnos. Trewais ar Catrin yn y Bont. Mae'n cario plentyn rhywun. Y hi efo'i 'Dein giaton ni' a 'nhêd bêch'. Ni chredaf air o'i sibrydion.

Mehefin 1803

O'r diwedd cawsom drwydded i gynnal oedfa yn Nolwar! Heddiw medrwn weiddi ar uchaf fy llais, 'Y mae fy enaid yn mawrhau yr Arglwydd'. Mae Nhad hefyd wrth ei fodd a John 'y mrawd wedi glân wirioni! Bydd yn rhaid cael John Parry, Caerlleon i'r oedfa. Fe'i clywais unwaith yn y Bala yn pregethu ar y Green. Fe ddaw Siân yma hefyd o Lanfyllin, a'r Figyn wrth gwrs. Bydd yn gyfle newydd i weld John!

Awst 1803

Fe'th lusgaist ti gyda mi, fy Hen Lyfr Cownt, i Neithior Priodas yr Oen. Heno fe'th dynnaf gyda mi i blymio i ddyfnderoedd anobaith. Does ond un ffordd ymwared bellach. Rhaid i mi guddio a chuddio. Feddyliais i erioed y deuai i hyn. Pe cawn i'r cyfle drosodd eto, tybed a dderbyniwn i John y Figyn? Sgwn i? Mae rhywbeth mor derfynol yn y ffordd y'i gwelais yn syllu ar Rwth heno, a hithe arno yntau. Dyma ddechrau'r cynhesrwydd rhyngddynt ac fe af i gyfrif llai a llai i John. Ni wn beth a ysgrifennaf. John a'm tywysodd i ddirgelwch llanw'r Iachawdwriaeth. Collais fy mheilot, yr hwn a'm dug i'r glannau pell. Heno ni welaf ond llwydni ar y gorwel. Llosgais fy hun allan yng ngrym y Diwygiad. I ble'r aeth y nosau hynny pryd y'm daliwyd gan y nwyd ysbrydol? Trist gennyf feddwl nad oes yn aros ond y marwydos o'r wefr eirias honno. I ble'r aeth gwres seiadau Penllys? Beth a ddaeth o'r perlau hynny o emynau a ddisgyn-nai'n flerwch o anfarwoldeb ar f'enaid? Dyna drueni na fedrais eu cofnodi. Aethant o'm cof fel mân ofidiau llynedd. Dyna'r llythyrau hynny wedyn a fu rhyngom a'r seiadau preifat a groniclwyd ar glawr y nef. Fedr Rwth byth ddal seiadau felly efo John, na byth gymuno efo'i enaid, ond fe fedr wneud rhywbeth mwy nag a wnes i. Mi fedr hi garu ei gorff er ei fod yn aflêr. Gwyn dy fyd, Rwth!

Wn i ddim sut y medra i aros yn Nolwar wedi i Rwth ymadael, a byw ar freuddwydion. Cenfigennais droeon at grefydd gymedrol Rwth a John fy mrawd. Ni chawsant hwy eu cipio i entrychion nef a'u gadael wedyn yn glwt ar lawr. Bydd yn rhaid i rywbeth ddigwydd, a hynny ar frys.

Medi 1803
Bûm yn ymroi i waith yn ddiweddar. Gwnaethom fetheglyn a gwin ysgawen. Gwn fod Rwth yn osgoi edrych yn fy llygaid. Rhyw swildod sydd arni. Ni chaiff hi byth wybod cymaint a gostiodd colli cwmnïaeth John y Figyn i mi.

Hydref 1803

Aeth y siom gyntaf heibio. Heddiw medrais ymddi-hatru oddi wrtho. Ond ni ddaliwyd fy meddyliau yn y fath ofnau erioed o'r blaen. Rhaid imi hongian yn dawel wrth yr addewid werthfawr, 'Yr Arglwydd Dduw yn dy ganol di sydd gadarn'.

Serch hynny, caf hi'n anodd dod i gymundeb â'r Crist heb gymdeithas y saint.

Heddiw bu'r clochydd o Lanfihangel yma yn hel blawd y gloch, a rhoes Nhad ddwy ysgub iddo. Daw sŵn cnul yr hen flwyddyn yn wastad gyda thinc cloch yr ŷd.

Tachwedd 1803

Mae'n adeg troi'r maes at fraenar gaeaf unwaith eto a bydd siawns i John fy mrawd gael diwrnod yn y ffair. Addawodd fynd at Siân i Lanfyllin i fwrw noson neu ddwy. Nid wyf yn hoffi peswch John. Galwodd hen ffidlar heibio adeg cinio efo bwndeli o *Seren Tan Gwmwl*, Glan y Gors, a bu'n brygowthan am Tom Paine ac am y Chwyldro yn Ffrainc. Collodd Nhad ei ddiddordeb mewn pethau fel hyn er pan fu farw Harri Parri, Craig y Gath. Yr hen Harri Parri a honnai mai'r Llan oedd yn cynnal yr awen, ac a wnâi arwr o Wallter Mechain. Haerai mai 'dyri bol clawdd' oedd gwaith y Nant. Ni soniodd erioed amdano'i hun yn feddw chwil yn Steddfod Corwen, dim ond rhamantu efo Nhad am y lle,

'Pe gwelet ti Ddyfrdwy, Siôn Ifan Thomas, yn loyw, risial, a dolydd Wyn Rug yn fras, doreithiog fel rhosydd Moab, fe dybiet dy fod wedi cyrraedd Gwlad yr Addewid . . . A dyne i ti'r Doctor Samwel, y Meddyg Du, yn taflu anfri ar Tomas Jones yr Ecseismon . . .'

Ac erbyn meddwl collais innau flas ar Gerdd Dafod a Steddfodau'r Gwyneddigion yn rhyferthwy'r Diwygiad. Ond mae yna un dyn y rhown i'r byd am ei weld. Colomen newydd ydi o, medden nhw, a Seren Fore y cyfnod newydd. Dafydd Ddu Eryri! Mae ganddo fo enw bendigedig, choelia i ddim. Sgwn i sut y teimlai o pan enillodd yn Steddfod y Bala? Does ryfedd yn y byd bod y golomen ifanc yn aflonyddu ar hen frain yr Ymrysonau! Ond i beth rydw i'n sôn am Steddfodau'r Gwyneddigion a phethau felly a Mr Charles gymaint yn eu herbyn?

Rhagfyr 1803
Mae sŵn clychau'r Nadolig yn y gwynt, ond eleni ni allaf ymglywed â'u rhin. Ai tybed dy fod tithau yn blino ar fy rhincian parhaus, yr Hen Lyfr Cownt? Gynnau roeddwn i'n siarad iaith y nefoedd efo ti, ond cefais fy hun yn y byd unwaith eto. Llosgodd y tân allan. Nid wyf yn dyheu nac yn deisyfu am ddim. Heddiw ddiwetha yr edliwiodd Rwth i mi, 'Meistres Ann! rydech chi'n od o ysgafn ers tro byd, fel tae'r cnawd wedi dwyn eich difrifoldeb'.

Diolchais i Dduw ddarfod i Rwth fy ngheryddu. Ac eto, nid ysgafnder mo'r cyflwr hwn. Rwy'n byw mewn gwacter ac y mae i wacter blisgyn. Dysgais mai dim ond y sant yn unig a all barhau i 'uchel yfed'. Profais o rym y cyffroadau mawr fel nad oes un o deganau'r llawr a all fodloni f'ysbryd. Rwyf ar y ffin rhwng deufyd heb brofi o rin y naill na'r llall. Yng nghanol gwres seiadau'r Bont medrais ganu am ryfeddod byw ac am 'ffrydiau'r Iechydwriaeth fawr' a allai

> . . . fy nghwbwl ddisychedu
> Am ddarfodedig bethau'r llawr.

Heddiw nid yw'r awen mor sicr â chynt er imi ymostwng ar fy ngliniau ac erfyn am ddatguddiad newydd,

Yn lle gwag obaith ffigys ddail.

Oni thybi mewn gwirionedd, fy Hen Lyfr Cownt, bod f'awen yn dirywio? Clywais y bydd Margaret Griffiths, Cefn Du a'r bechgyn yn symud i'r Ceunant, Meifod, yn gynnar yn y flwyddyn newydd. Byddant yn gaffaeliad mawr i gynulliad y Bont.

Chwefror 1804
Bu farw Nhad. Daeth y diwedd yn sydyn. Bu Siân yma dros ddyddiau'r claddu. Heddiw fe aeth yn ôl i Lanfyllin ac euthum innau i'w hebrwng i Lanfihangel. Rhoddais dro heibio i'r fynwent cyn troi adref. Mae rhyw gysur i'w gael o ymweld â'r newydd-farw cyn i amser dynnu niwl dros y cnawd. Fel y daw'r ysbryd i gymryd lle'r cnawd bydd yr ymweliadau hyn yn prinhau. Rhoes marwolaeth Nhad fwy o ysgytwad i mi nag a ŵyr neb. Teimlwn mor ddiogel efo Nhad am y byddai o yma'n wastad. Gwylio a dweud dim y byddai o. Does yma neb yn gwylio rŵan. Mae Rwth yn ceisio cuddio ecstasi gwyryfol ei chariad at John y Figyn. Mae John fy mrawd fel finnau yn ffwrnais profedigaeth. Fe'n gyrrwyd ganddi ein dau i ddwy garfan wahanol fel dwy ynys ar wahân. Clywaf ei beswch gefn nos, y ddau ohonom yn effro a thragwyddoldeb rhyngom.

Troais oddi wrth fedd Nhad gynnau am gefn y fynwent i'r Onnen. Wn i ddim beth a wnaeth i mi fynd yno os nad gohirio troi adref yr oeddwn ac ofn gweld pobl yn y Llan. Osgoi pobl y bydd dyn mewn

76

profedigaeth. Euthum heibio i dŷ'r elor, lle bu Seimon Dolobran o Ysgol y Llan yn dynwared ystumiau'r Hen Ffeiriad ac Wmffra, Moel y Fronllwyd, yn ei gap-ffŵl yn actio Interliwd Lisa Gowper. Deuai'r Hen Ffeiriad heibio ar hynny,

'*One of those Interludes I see again. Who is it by this time, Humphrey? Thomas Edwards perhaps, the Welsh Garrick as one of your men called him . . . but I have no time for Thomas Edwards.*'

'*No, sir,*' atebai Wmffra, '*this is by Lisa Gowper. Elis Roberts from Llanddoged he is really, but they call him Lisa Gowper for short.*'

Ar hynny cerddai'r Hen Ffeiriad yn ei flaen gan fwmial rhyngddo ac ef ei hun am ragoriaethau William Shakespeare ar hen Dwm o'r Nant.

'*Utterly lacking in refinement and elegance. Given to debauchery and loose living. Dear! Dear! Pshaw!*'

Ond doedd ryfedd yn y byd i Twm golli ffafr yr Hen Ffeiriad ac yntau wedi tynnu plwyfolion Llanrhaead yn ei ben pan oedd yn torri Coed Dolobran.

Na, nid oedd llwyfan cyffelyb i slabiau glas y fynwent i berfformio anterliwd.

O'r fan honno euthum dros y wal i'r Onnen. Mae'r waliau cerrig yn aros ond gwthiodd gwellt glas ei ben yn sglaffiau bras o'r llawr. Dyma'r llawr pridd a olchai Jennett Morgan mor ddiwyd efo dŵr a huddygl i'w gadw'n llyfn, ddisglair. Mae yma addewid am flodau leilac eto eleni a phren cyrains a hocsys y gerddi. Mae'n syndod fel yr aeth Bodo Gred a Jennett Morgan o'm co ers tro byd. Felly y bydd rhai pethau yn diflannu a dychwelyd drachefn fel pe baent erioed wedi bod oddi yno. Fe'u gwelaf y ddwy ohonynt y foment hon—Bodo efo'i thalcen bychan, ei chnawd o liw ac aroglau cannwyll frwyn, llawnder o wallt trwchus, cringoch a'r dant cilwgus a wthiai dros ei gwefus isa. Ei dwylo'n gnotiog fel pren ffawydd o hir dorri pabwyr. Mynnai hi dadogi Jennett Morgan ar un o'r gyrwyr gwartheg o ochre Dyfi a ddaethai i ddilyn y praidd i Ffair Bartholomew. Ni chawsid gair o enau Jennett Morgan erioed onid i fwngial ei boddhad neu ei dicter. Mynych yr edrychasai Bodo o dan ei chuwch arni gyda'r cyfarchiad cwta hwnnw,

'Tase ond am yr Hen Gyth!'

Ac felly y bu raid i Bodo ymgreinio ore y gallai rhwng hel pabwyr a golchi i hogiau ffermwyr a glanhau'r Llan. Bob bore Mercher, os ceid tywydd-sychu gweddol ddyddiau Llun a Mawrth, fe'i gwelid yn troi am ffordd y mynydd yn ei chêp llwyd a'i chlocsiau. Fe dybiai dyn mai ei heiddo hi a Gwen Tudor y gwlana a Rhisiart Prys y mwsoglwr oedd y mynydd.

Medraf deimlo'r munud hwn wres tamp y dillad ac aroglau'r gwêr toddedig o badell haearn Jennett Morgan, tra byddem ni blant Dolwar yn bwyta brwes bara ceirch a photes biff adeg cinio o Ysgol y Llan. Mynnai Bodo ei bod ar gyrion ein teulu ni yn rhywle ac felly yr ymffrostiai,

'Pan fydd Siôn Ifan Thomas, Dolwar, yn Oruchwyliwr y Tlodion, fe ddaw stelc bach yn sgil y Cymorth Tlodion i mi a Jennett Morgan.'

Rhyw ddiwrnod fe droes padell wêr Jennett Morgan i'r tân ac fe losgwyd yr Onnen yn llwch ulw. Aeth Bodo a hithau i dŷ eu hir gartre cyn i'r gannwyll wêr ddisodli'r gannwyll frwyn.

Ie, Bodo a Jennett Morgan! Meddwl amdanoch chi a wnaeth i mi fyfyrio uwch anfarwoldeb enaid.

Mawrth 1804

Ni siaradodd neb air o gysur â mi ond yr hunan arall ers dyddiau lawer. O, na ddeuai cyfaill o rywle i siarad â mi am gyfrinion enaid! Mae'r cnawd stormus hwn mor ferwedig, archolledig. Daeth llu o amheuon i ordroi f'ysbryd fel chwalu ton dros draeth. Er pan aeth Nhad oddi yma, byddaf yn meddwl eto nad oes Duw ac mai breuddwyd wedi'r cwbl oedd Sasiynau'r Bala a Seiadau Penllys. Mae'n rhyfedd i'r Duw hwnnw oedd mor agos bellhau cymaint. Chwarddai Thomas Evans y Curad pe gwyddai am fy nghyflwr. Deuthum i'r penderfyniad mai dim ond mewn perthynas â rhywun fel John y Figyn y ceir nefoedd.

Mawrth 1804

Mae teulu Margaret Griffiths wedi sefydlu yn y Ceunant, Meifod. Maent o hil Richard Griffiths, Tredderwen. Dyma'r Richard Griffiths, meddai Rwth, a oedd yn bresennol yn y ddadl gyhoeddus rhwng Vavasor Powel a Rheithor Llandrinio. Fe glywais si mai Thomas, mab hynaf Margaret Griffiths, fydd aer John Griffiths, Keel House, Meifod. Fe ddwedai Siân eu bod o hil fonheddig! Mae Thomas Griffiths yn fachgen glandeg . . . O, ydyw, mae o'n osgeiddig ddigon a chanddo ysgwyddau cyhyrog.

Ebrill 1804

Wythnos y Pasg euthum gyda Susan Pant Glas i'r Ceunant, Meifod. Margaret Griffiths a'n gwahoddodd o Seiad y Bont. Mae yno gyntedd enfawr a hwnnw'n ddigon o ryfeddod efo'i blatiau efydd sgleiniog a'i ddau ben carw. Clywais fod Margaret Griffiths yn dymuno cael trwydded i gynnal oedfa yno. Bydd siawns i fynd i'r Ceunant yn amlach wedyn! Gwraig bell yw Margaret Griffiths ond mae'n garedig ddigon. Gwisgai wisg o ferino main i'n disgwyl gyda siôl daselog drosti. Clywais y bydd sofren felen yn wastad yn ei phwrs. Rhyfeddais at wychder ei thŷ.

Anaml y daw Edward ei mab i'r Bont am ei fod yn paratoi at waith y Weinidogaeth fel John y Figyn. Mae Thomas ei frawd yn huawdl wrth Orsedd Gras. Llygaid glas, gwannaidd sydd ganddo. Byddi'n cywilyddio wrthyf, fy Hen Lyfr Cownt, am i mi astudio lliw glas ei lygaid.

Mai 1804
Och! Satan! Cefais fy hun yn dyheu am gyfathrach y cnawd. Rwyf wedi fy nghau ynof fy hun fel blwch. Breuddwydiais heddiw am Ddawnsio Haf, Llangynog. Mae llawer blwyddyn er pan fûm yno. Rhyw hen hiraeth am ysgafnder dawns a chyfrodedd lliwiau lasie a rubanau. Awydd am ffoi, efallai. Ond gwn nad af.

Mai 1804
Bûm yn rhyw hanner canlyn Thomas y Ceunant, ond ni fedraf ddweud fy mod yn ei garu. Mae rhyw ramant o gylch y peth.

Awst 1804
Cefais air â Susan, Pant Glas ar y ffordd adre o'r Bont. Ni fedraf rannu fy nghyfrinachau carwriaethol â Rwth. Dwedais wrth Susan am y berthynas rhyngof a Thomas y Ceunant. Mae bywyd mor unig yn ddiweddar.

Hydref 1804
Yfory byddaf yn priodi yn Eglwys Llan. Thomas
Evans y Curad fydd yn gwasanaethu. Maen nhw'n
dweud i mi fod yn lwcus yn union fel tawn i wedi
taro ar forwyn go dda yn ffair Llanerfyl neu i John fy
mrawd gael pris uchel am yr anner. Perthyn i fyd
bargeinio y mae siarad fel yna. Mor wahanol roedd
pethau yn nyddiau'r Gymdeithasfa yn y Bala. Doedd
yno ddim bargeinio ym myd John y Figyn ond pan
werthai pechadur ei enaid i'r Diafol. Sgwn i a fu
merch ifanc rywdro yn myfyrio fel hyn ar y noson
cyn ei phriodas? Dyma fi'n Ann Thomas am y tro
olaf. Syniad arswydus!

Yr Ann Thomas honno a fu'n byw i'r eithaf.
Sasiynau haf yn y Bala pan wridai haul i'w fachlud,
nosau tawel seiadau Penllys pan ymdoddai'r galon
hyd at ymylon profiad. Ac eto, ar ysbeidiau mae
rhyw arlliw cyfrin o'r hen brofiadau yn aros, yn
ymestyn oddi wrthyf yn gnwd gwlanog ac yn
drwchus o oleuni. Ond mae mor frau fel na fedraf ei
ddal ar gledr fy llaw. Heno, rhaid oedd agor fflodiart
i'm meddyliau gan na ddaw cyfle y rhawg eto.

Chwefror 1805
Aeth Thomas i dŷ ei fam i'r Ceunant, Meifod. Ni
ddaw yn ôl hyd noswyl. Beth a ddywedaf wrthyt, fy
Hen Lyfr Cownt? Eisoes mae'r Mis Bach wedi treulio
i'w hanner ac esgus o eira eto'n aros yn wyn hyd y
cloddiau. Gwyn oedd eira llynedd ac felly y bydd am
ganrifoedd ar ganrifoedd. Y di-ben-draw yma a rydd
ias o arswyd yn fy ngwaed.

Rhoes newid byd imi felyster dros dro ond nid wyf yn caru Thomas. Fedra i ddim siarad geiriau Gras yn ei ŵydd. Dim ond ar ei liniau yn y Bont y bydd ef yn crefydda. Byddaf weithiau'n hiraethu am unigrwydd f'ystafell wely ond ni chaiff Thomas byth wybod nad wyf yn ei garu. Mae o'n onest fel y dydd, ond nid oes dim athrylith ynddo. Fe ddywedodd y Figyn wrthyf rywdro fod athrylith yn costio ac mae gen i go i Mr Charles ddweud hynny hefyd wedi oedfa yn y Bont. Hwyrach mai hyn a'm gwnaeth mor unig yn y byd. Bu farw'r awen ynof.

Gallaf dybio mai rhywbeth fel hyn a redai drwy feddyliau'r rhai a safai o'r tu allan i Eglwys Llan ddydd fy mhriodas.

'Mae Thomas Griffiths yn fachgen glandeg.'

'Mae ganddo ysgwyddau cyhyrog a llygaid glas gwannaidd.'

'Mae o'n ddyn da i Iesu Grist.'

'Clywch chi o ar ei linie yn y Bont . . .'

Chwant fy nghnawd a'm gyrrodd i'r Llan.

Ebrill 1805

Rwy'n dyheu am lonyddwch. Breuddwydiais neithiwr am John Pendugwm yn Tahiti. Heddiw cywilyddiais wrth feddwl fel y mae ei sêl ef yn llosgi'n eirias ym mhellter byd a minnau fel goleuni egwan cannwyll frwyn yn Nolwar. Galwai'r Figyn fi yn bagan rhonc. Breuddwydiaf yn aml am y môr er na welais erioed mohono. Hiraethaf am dywod melyn ym Môr y De, lle mae'r môr yn las, las a'r tyfiant yn wyrdd, wyrdd. Ynys heb ynddi aderyn yn canu, heb sŵn yn y dŵr, dim ond lliwiau llonydd. Ond fe ddywed rhywbeth wrthyf fod yn rhaid i mi hongian wrth weddi fel brwynen gan nad oes dim arall i'm cadw'n fyw. Daw imi'r cysur parhaus y daw popeth i'w derfyn fel rhoi clo ar gist. Weithiau, ar draws y llonyddwch mawr, fe ddaw ansicrwydd byd arall. A dderbynnir fi? Ann Thomas a fu gynt yn canu'r geiriau

> Cusanu'r Mab i Dragwyddoldeb
> Heb im gefnu arno mwy.

Unwaith o'r blaen y bu arnaf eisiau marw. Rhyfyg yw peth felly i'r iach ei ysbryd. Ond wedyn, pwy fyth a fyddai ag eisiau marw tae o'n mwynhau byw! Ni fedraf gael gafael ar f'anwylyd. Ac eto tybiaf ei fod yn aros o hyd ym mhlygion y niwl ar y Berwyn.

Mai 1805
Aeth heibio briodas Rwth a John y Figyn yn Eglwys y Llan. Byddant yn cartrefu yn y Bont. Ni chaf fawr o flas ar roi sglein ar ddodrefnyn na pharatoi bwyd i ddyn nac anifail. Y mae ymadawiad Rwth â Dolwar fel troi dalen i'w chadw.

Mai 1805
Byddaf yn credu weithiau y byddai gobennydd angau yn esmwyth fel plu'r gweunydd neu lyfndra melfed glöyn byw.

Mehefin 1805
Rwy'n eistedd wrth y ffenestr fach yn Nolwar. Rwyf yma fy hunan. Aeth Thomas a John fy mrawd i'r Gymdeithasfa. Cof gennyf am Ddydd Calan ymhell yn ôl pan adawyd fi fy hunan yn Nolwar. Bûm yn gwrando ar sŵn y gwynt yn yr onnen. Heno ni fedrir ei glywed am mai nos o haf ydyw ac i'r onnen farw. Rwy'n hiraethu am farwolaeth a hynny ar fin dwyn bywyd newydd i'r byd. Mae'r ffenestr yn drwm gan

ddail eiddew a minnau'n drwm gan bwysau fy nghnawd. Gynnau cerddais i fyny'r buarth a thros y cae i'r wtra, heibio i Gomin Dolwar hyd at y fan lle try'r ffordd i lawr am Ddolanog. O'r fan honno gwelwn Ddyffryn y Fyrnwy a Dyffryn Banw. Ymhle roedd y Crist a welswn â'i wisg laes yn ysgubo pen y bryniau gyda'r nos, ac a gusanai'r wawr? Wrth ddychwelyd at y tŷ cofiais am y noswaith honno y bu i Wil Llidiart Deryn fy ngwrthod. O'm blaen, roedd yr onnen lle clywswn Mam yn sôn am gyffro newydd y creu. Ond heno, nid oedd ddeilen ar y pren. Roedd y rhuddin yn farw.

Ac yna fe ddigwyddodd rhywbeth ac ni wn yn iawn beth ydoedd. Daeth rhyw gyffro fel sisial dail yn y gwynt. Unwaith eto syllais ar yr onnen ond nid oedd ddeilen arni. Codai'n silwetaidd lân rhyngof a'r awyr. Roedd fel breichiau'r Crist ar y Groes. Cydiais yn y pren a theimlais y rhuddin yn anniddigo dan fy llaw . . . Deiliodd y pren a daeth adar yno i ganu a sŵn dyfroedd rhedadwy i lenwi fy nghlustiau. Roeddwn unwaith eto yn drwm gan bwysau'r Ysbryd Glân. Daeth perl o emyn i'm meddwl. Rhaid oedd i mi ganu i'm Hanwylyd am iddo gadw ei addewid. Rhaid oedd imi ganu'n dawel rhag ei gyffroi,

> Gwna fi fel pren planedig, O fy Nuw,
> Yn ir ar lan afonydd Dyfroedd byw . . .

Wrth fy llaw y mae llythyr a ysgrifennais at Beti, chwaer Rwth. Bydd yn rhaid i mi groniclo darn ohono. Dyma fel y mae'n darllen—

'Annwyl Chwaer . . .

Rwyf yn gweld mwy o angen nag erioed am gael treulio'r hyn sy'n ôl o'm dyddiau drwy roi fy hun yn feunyddiol gorff ac enaid i ofal yr Hwn sy'n abl i gadw yr hyn a roddir ato erbyn y dydd hwnnw . . . Mae meddwl am ei roi o heibio yn felys neilltuol weithiau, gallaf ddweud mai hyn sydd yn fy llonni fwyaf o bopeth y dyddiau hyn. Cael gadael ar ôl bob tueddiad croes i ewyllys Duw . . . Hyn oddi wrth eich caredig chwaer sy'n cyflym deithio trwy fyd o amser i'r byd mawr a bery byth . . .

> Er mai cwbl groes i Natur
> yw fy llwybr yn y byd,
> Ei deithio wnaf er hyn yn dawel,
> yng ngwerthfawr wedd dy wynebpryd;
> Wrth godi'r groes, ei chyfri'n goron,
> mewn gorthrymderau llawen fyw,
> Ffordd yn uniawn, er mor ddyrys,
> i Ddinas gyfaneddol yw.'